追放ご令嬢は華麗に返り咲く

歌月碧威
Aoi Kaduki

Regina

レジーナ文庫

リスト
ティアナの兄。
非常に優秀で、
将来有望な青年。
ティアナの豹変ぶりに
胸を痛めている。
コル
怪我していたところを、
ティアナに
助けられたカラス。
頭が良い。
ティアナ
控えめで穏やかな伯爵令嬢
……だったはずが、
婚約破棄後のある出来事を
きっかけに性格が豹変。
元婚約者と王女を見返すため
奮闘中。
ライナス
ファルマ国の王。
改革を起こし、国を大きくした。
優しく穏やかだが、
実は悲しい過去を抱えている。
CHARACTER

ウェスター
ティアナの元婚約者。
彼女と婚約破棄をしてすぐに、
ルルディナとの愛を育み始めて……
ルルディナ
リムス王国の第一王女。
容姿はとても美しいが、
腹の中は真っ黒。
レイガルド
エタセルの王。
元傭兵だが、クーデターを起こし
祖国の自由を手に入れた。
天然女たらしな一面も。
メディ
ライナスの妹。
とある事情から、
引きこもってしまっている。
薬草師の中で
最高位の称号を持つ。

目次

追放ご令嬢は華麗に返り咲く

第一章

私――ティアナ・モンターレは、幸せの絶頂にいたはずだった。

「モンターレ伯爵。横領、収賄などの度重なる罪により、貴殿の爵位を剥奪し、国外追放の刑に処する。本来ならば牢獄行きだが、追放で済んだのは貴殿に対する陛下の慈悲である」

突然、強盗のように無断で伯爵家の居間に上がり込んできた、上級役人達。

彼らの手によって、温かな空気のティーパーティーは呆気なく打ち切られてしまう。

せっかく、家族で団欒していたのに。

役人が掲げている書状には、国王陛下の署名と共に印がしっかりと捺されていた。それが本物であることを告げている。

執事の怒号やメイド達の悲鳴を聞きながら、私は持っていたティーカップを取り落とした。こぼれた紅茶が、毛足の長い絨毯にシミとなって広がっていく。

つい先ほどまで楽しくおしゃべりしていたお父様とお母様、リストお兄様は、私と同様、驚きの表情を浮かべて身を硬くしている。

「どういうこと……？」

私は、思わず呟いた。

――愛する人との結婚式まで、あと少し。

トライゾ侯爵の御子息であるウェスター様と、二年の交際期間を経て結婚することになった。式の準備は全て終わり、あとは挙式の日を待つのみ。私は、生家である伯爵邸で家族との最後の団欒を楽しんでいた。

けれど、その温かな日常がいま、目の前で崩れ去ろうとしている――

お父様が横領や収賄の罪に問われるなんて、微塵も考えられない。彼は汚いことが大嫌いで、いつだって民のことを一番に考えて領地を治めている。

私達家族はお父様の仕事を間近で見てちゃんと理解している。だから、お父様が犯罪に手を染めるなんて絶対にないと断言できた。

日頃から民のために働いているお父様が、民に顔向けできないことをするはずがない。

「一体、どういうことなの……」

ふたたび呟いた言葉は、雪のように空気に溶けていく。

体からさぁっと血の気が引いていき、どんどん冷たくなっていった。手の指先にも爪先にも、感覚が全くない。

これは、悪い夢なのでは？

私が混乱する一方、家族は落ち着きを取り戻しつつあった。

お兄様は役人の方へと足を進め、書状を手に取り内容を改めて確認している。

お母様は顔を真っ青にしているメイド達に落ち着くよう言葉をかけ、お父様は城に向かう準備をするようにと執事に告げた。

「……お父様がそんなことをするわけない。何かの間違いだわ」

「わかっているよ、ティア」

感情的になっている私を静めさせようと、お兄様は優しい声音で私の愛称を口にした。

とその時、お父様の凛とした声が室内に響く。

「陛下は大病を患って西の離宮で療養中だ。とても命を出せるような状態ではないはず。書状には確かに陛下の署名と印はあるが、とても信じられない。神に誓って、私は無実だ。私が罪人だと言うのなら、証拠を示してほしい」

私は震える手を伸ばしてお兄様にしがみついた。こんな時に、婚約者である彼がいてくれたら……

ウェスター様！

私は祈るように、心の中で彼の名を叫ぶ。きっと彼ならなんとかしてくれる。そう信じて。

けれど、そのあとの現実はもっと残酷だった。

廊下へと通じる扉が勢いよく開かれ、複数の影が室内へと伸びてくる。

「証拠ならある」

そう言って現れた青年を見た瞬間、私は目を見開いた。

青年は、金糸のような長い髪を後ろで一つに束ね、右肩に流している。意匠の凝らされた豪奢な服装からは、高貴な身分であることが窺える。

トライゾ侯爵の子息——ウェスター様。

そう、彼こそが私の婚約者だ。

いつも優しげな目元は吊り上がり、眉間には深い皺が寄っている。

——私の知っている彼ではない。こんな顔、一度も見たことがないもの。

彼は、領地管理記録と書かれた二つの書類を掲げている。その片方には、我が伯爵家の紋章が描かれていた。

「これは、城に定期的に提出される領地管理記録報告書と、貴殿の屋敷で見つかった控えだ。城に報告されたものと実際の管理状況が全く違う。城に報告されている方では、穀物の収穫量が明らかに少ない」

「そんなこと、あるはずがない。城への提出用、屋敷に置く控え用の管理記録を作成しているが、どちらも内容は同じだ。領民をだますようなことなど、私はしない。調べればわかる。その書類は、本当に我が伯爵家のものか？　城への報告書には伯爵家の紋章が描かれているが、我が屋敷で見つかったというそちらの書類には紋章がないぞ」

「それがどうした？」

　ウェスター様は、お父様の言葉を鼻で笑った。

「……つまり、その書類の真偽がわかったところで、この状況は変わらないということだな。私を陥れたい者の仕業か」

「貴殿一人を、というわけではありませんよ」

　酷薄な笑みを浮かべるウェスター様を見て、お父様はハッと目を見開く。

「……っ、まさか、第三派を潰したい勢力の仕業か！　しかし、君の父上は第三派の中心人物だろう!?」

「今回の件は父も承知ですよ」

　ウェスター様の冷たい言葉に、お兄様が驚愕の表情を浮かべた。

「そんな……トライゾ侯爵が寝返るなんて……侯爵家も随分と落ちぶれたな。民のことはどうでも良くなったのか⁉」

怒気をはらんだお兄様の声が部屋に響き渡る。

しかし、ウェスター様は余裕のある表情でこう言い放った。

「義理の父になるはずであったあなたの裏切りは、とても残念です」

愛しき婚約者の無慈悲な言葉を聞いて、私は首を左右に振る。

嘘でしょう？　私が知っている彼とは、まるで別人だ。

「ウェスター様、父は無実ですわ……」

おぼつかない足取りでウェスター様の方へ向かい手を伸ばすと、手の甲に痛みが走る。

一瞬何が起こったのかわからずにいると「汚い手で触れるな」と、私の目の前に役人が立ちはだかっていた。役人に叩かれた手の甲は、赤くなっている。

怒号を浴びせられる私に、冷たい視線を向けるウェスター様。

「君を傷つける者は許さない。絶対に私が守るよ」と、誓ってくれたのに……

手の甲に走った痛みよりも、心の痛みの方が強い。どうして彼は何も言ってくれないのだろうか。

ウェスター様を見つめていると、やがて彼は静かに口を開いた。

「悪いが、君との婚約を解消する」

それだけ言い残し、彼は私に背を向け、役人達を連れて去っていった。

視点が定まらない。神経が麻痺したかのように、体の自由が利かない。

ぐらりぐらりと視界が揺れて、私の体は崩れ落ちてしまう。倒れる時にウェスター様がこちらを振り返ったように見えたが、彼はそしらぬ顔をして、再度正面を向き進んでいった。

「ティア!」

私を呼ぶお父様の声が遠くから聞こえてくる。

あまりにも残酷な現実を、私は受け止めることができなかった。

ほんの少し前までは、ウェスター様との薔薇色の未来を思い描いていたのに。

夢ならば早く覚めてほしい。

——彼がささやいてくれた愛の言葉は、偽りだったの?

愛していたのは私だけだったのだろうか。本当にわからない。

「ティア。大丈夫か?」

「気分は?」

お父様とお母様が駆け寄ってきてくれた。二人は不安げな顔でこちらを見ている。私の視界は、どんどん滲んでいった。

爵位剥奪に国外追放の危機で、二人とも辛いはずなのに。

私がしっかりしていないことで、二人に心配をかけてしまった。

自分の不甲斐なさに落ち込んでいると、今度は琥珀色の瞳に覗き込まれる。

「ティア、部屋で休もう。僕が連れていくから」

そう言ってくれたのは、リストお兄様だ。

お兄様が私を抱き上げた瞬間、耳の上で切り揃えられた、彼のベージュ色の髪が揺れる。

「ごめんなさい、お兄様」

「ティアは何も悪くないよ」

「……違うの。お兄様」

伯爵家存続の危機だというのに、私は婚約者に裏切られたことの方が辛いと感じている。

なんてひどい人間なんだろう。

お兄様は私を抱き上げたまま、廊下へ向かう。

廊下を照らしているのは、等間隔に設置される燭台の光。その光は、いつもより薄暗く感じられた。まるで、これから先の未来を象徴しているみたい。

……あぁ、どうしてウェスター様は私達を裏切ったのだろうか。「婚約を解消する」という彼の言葉は、本心からのものなのだろうか。

頭の中に次々と疑問が浮かんでくる。

「お兄様、ウェスター様とお話がしたいです」

「……時間の無駄だ。もう戻れない。彼は――トライゾ侯爵家は、もう第三派ではなくなった」

苦々しい表情のお兄様に、私はそっと目を閉じた。

今回の件には、政治的な話が絡んでいる。

私が暮らしているのは、東大陸にあるリムスという王国だ。この国の貴族は、三つの派閥に分かれている。

正室が産んだ王太子フォルス様を支持する、第一派。古くから力を持つ貴族が中心になり、貴族主義を掲げている。

そして、側室が産んだ第二王子ウィズステム様を支持する、第二派。比較的最近、爵位を手に入れた貴族や富裕層が中心になっていて、彼らも貴族主義を唱えている。

残る第三派は、第一派と第二派のどちらにも属さず、民のことを一番に考えて政治を行(おこな)わなければならないと考えている。

第三派が支持する王族はいないが、強いて名を挙げるとすると、第三王子のヘラオス様だろう。

ヘラオス様は国王陛下と町娘との間にできた子であり、王都にあるお母上の生家に住んでいた。お母上の身分が低いため、王妃達の反対にあい、生まれてすぐ王宮に上がることができなかったのだ。彼が王宮に上がったのは、お母上が亡くなられた五歳くらいの頃だった。

そのため、ヘラオス様は王族よりも民に近い思想を持ち、第三派の集まりにも顔を出している。モンターレ伯爵邸にも足を運んでくださったことが何度かあり、私達家族とも顔見知りだ。

貴族主義の第一派、第二派と違い、第三派は民のための国づくりを掲げている。だから、第一派と第二派からは厳しい目を向けられていた。貴族の利益を追求する人達には、民のための政治など考えられないらしい。

これまで第三派の活動が妨害されなかったのは、トライゾ侯爵が第三派をまとめていたからだ。貴族の中でも強い力を持つ侯爵家を敵には回せない。

けれどトライゾ侯爵が第三派を裏切ったとなると、第一派も第二派も表立って動けることになる。そして第三派を潰すべく、私の父が嵌められたということなのだろう。

「ティア！」

突然聞こえた私を呼ぶ声に、ハッと顔を上げて目を開ける。

そこには、仲の良い友人の一人であるマルガリタの姿があった。彼女の傍には、我が家の執事が控えている。どうやら彼女を案内してくれていたようだ。

マルガリタは縦ロールにした真紅の髪を揺らしながら、こちらにやってくる。そして眉を下げ、沈痛な表情を浮かべた。

「……やっぱりモンターレ伯爵家もこうなってしまったのね」

「もしかして、ヴォルタ伯爵家も？」

「ええ、そうよ。ただ、うちやティアのところだけじゃない。他の第三派の貴族達もよ」

ヴォルタ伯爵家のご令嬢である、マルガリタ。彼女の話によると、第一派と第二派が手を組んだのだという。そのきっかけは、第二王子ウィズステム様に他国から婿入りの話が来たこと。ウィズステム様が国外に出てしまえば、第二派は国内で権力を振るえなくなってしまう。だから第一派と同じように王太子殿下を推すことにしたようだ。さらにトライゾ侯爵が第三派を離脱し、第三派に気を遣う理由はなくなった。第一派と第二派はこれ幸いとばかりに、第三派の中心人物達を国から追放し、勢力を大幅に削ごうとしている。

マルガリタの話を聞き、お兄様が重い溜息をついた。

「……予兆はあった。特定の派閥が力を持ちすぎないようバランスを取っていたのは、国王陛下だ。しかし陛下は大病を患い、いま、その代わりを務めているのは王太子殿下——各派閥のバランスが崩れた以上、仕方がない」

お兄様の言葉に、しばし沈黙する私達。そんな中、マルガリタが遠慮がちに口を開いた。

「ねぇ、ティア。ウェスター様との縁談は……」

返事の代わりに、体がビクッと震える。マルガリタが手を伸ばして、私の頭を撫でた。

「あんなクズ男に、あなたはもったいない。いますぐは無理かもしれないけれど、忘れた方が良いわ」

「僕もそう思う。ウェスターのために、これ以上ティアが傷つく必要はない」

二人の言葉に、私は首を横に振る。

「私は彼を信じています。きっと、何か事情があるはずですわ。トライゾ侯爵が裏切ったからウェスター様まで裏切るだなんて、信じられません。だって、もうすぐ私達は結婚する予定だったんですよ」

私はウェスター様の愛を信じたかった。けれど、マルガリタは私に追いうちをかけるように告げる。

「ティア、逆なの。トライゾ侯爵に第三派から離脱するよう説得したのは、ウェスター様なのよ」

「そんな！　どうして……」

マルガリタをじっと見つめると、彼女は困ったように私から目を逸らして答えた。

「……理由は、わからないわ」

もしかすると、マルガリタは何か知っているのかもしれない。けれど、それ以上彼女を問い詰めるようなことはできなかった。

「……それにしても、本当に嫌だわ。慣れ親しんだ屋敷から辺境の地に引っ越しをするなんて。ティアと離ればなれになっちゃう」

「辺境の地？」

「そう。これからは地方の領地を治めるように、と命じられたのよ。どこだと思う？　ザザ地方。地図で探しまくったわ。あんな辺鄙な場所に行かされるなんて」

もう吹っ切れているのか、私達に心配をかけないように振る舞っているのか、マルガリタはあっけらかんと話す。

せめて彼女を励ましたいのに、悲しみや不安など様々な感情が邪魔をして、言葉は何も浮かんでこなかった。

「それに、第三派がいなくなってしまったら、リムスの民の暮らしが苦しくなるわ」

マルガリタの言葉に、お兄様が深く頷く。

「民よりも、王族や貴族が暮らしやすい国にはなるだろうな……」

――第三派が潰されるというのは、そういうことだ。

私は重い空気の中、深い溜息をついたのだった。


翌日になっても、私は現実を受け入れることができなかった。

私達は、二か月以内に国を出なければならない。引っ越しの準備など、やることが山ほどある。でもその前に、やっぱりウェスター様と話したかった。

私は、家の者に見つからないよう注意しながら屋敷を出る。そのまま、伯爵邸の門に向かって歩を進めた。

お兄様もマルガリタも忘れろと言っていたけれど、そう簡単に忘れることなんてできない。

式で交換する指輪に、お互いへのメッセージを刻んでもらって当日まで秘密にしよう。そう約束して笑い合ったのは、ついこの間のことなのに。

――ウェスター様との婚約話は、侯爵家から打診されたものだった。

夜会でお会いしたことはあったけれど、会話らしい会話もなかったのに。

「どうして私なのですか？」と伺うと、「控えめで可憐(かれん)なところが好きだ」という返事をくれた。

私はお茶会に足を運ぶより、王宮の図書館に通って本を読んだり、部屋で刺繍(ししゅう)をしたりする方が好きだった。他のご令嬢達とは違い、華やかでもないし話し上手でもない。

けれど、彼はそんな私に好意を寄せているのだという。

戸惑う私に、彼はゆっくり決めて構わないと言ってくれた。まずは交際してみて、自分のことを知ってほしいと。

一緒に過ごすうちに、彼の知性や優しさに惹かれていき、気が付けば彼のことを好きになっていた。結婚を了承した時、彼はあんなに喜んでくれたのに。

どうしてこんなことになってしまったのだろうか――

「お嬢様、一人で散歩に行かれるのですか？」

背後から声をかけられ、私はパッと振り返る。メイド達が不安げな表情で私を見つめている。

「……大丈夫よ、心配しないで。お父様に許可はいただいているし、遅くならないうちに戻ってくるわ。少し一人になりたいの。今日は天気も良いし、散歩にちょうどいいでしょう？」

私はメイド達を少しでも安心させるために微笑んだ。

動きやすいシンプルなドレスに、つばの広い帽子。私が散歩へ出かける時の装いだ。

これまでにも、供をつけずに散歩へ出かけたことは何度もあるし、町へ行ったこともある。一人の外出は慣れているのだ。メイド達もそれをわかっているので、ホッとした顔をして門を開けてくれた。

「では、行ってくるわね」

「お帰りお待ちしております」

メイド達が深く頭を下げたのを見て、私は心の中で謝罪する。

みんなには散歩をしたいと言ったけれど、本当の目的地はウェスター様が暮らす侯爵邸だ。彼の口から、直接事情を伺いたい。

だけど、お父様達はウェスター様と会うことを許してはくれないだろう。だから、こっそり会いに行くことにしたのだ。

私はつばの広い帽子を深くかぶり直し、道を進む。

幸いなことに、侯爵邸は我が家と同じ区域にある。そのため、ほんの十数分歩いただけで辿り着くことができた。

侯爵邸を囲む柵に沿い、門扉に向かって足を進める。

とその時、聞き覚えのある声が響いてきた。

「嬉しいわ。ずっとお慕いしていたウェスター様と結婚できるなんて！　いまも夢の中にいるようよ」

……どうして『彼女』の声がここから聞こえてくるのだろうか。

私は足を止め、柵の間から侯爵邸の敷地を覗き込んだ。柵と平行して緑の垣根が続いており、その奥はかすかにしか見えない。ただ、わずかにあいた隙間を見つけて、行儀が悪いと思いつつ、私は目を凝らす。

そこには、『宝石姫』と名高い少女の姿があった。

夜空に浮かぶ満月のように輝く大きな瞳に、少し丸めの鼻、ふっくらとした血色の良い唇。腰まであるピンクブロンドの髪は毛先がゆるく巻かれていて、少女が動くたびにふわりと揺れる。

誰からも愛されるような、可憐な容姿を持つ彼女は、王太子殿下の妹君。リムス王国の第一王女ルルディナ様だ。

ルルディナ様の傍には、ウェスター様の姿もあった。

そのうえ彼は、とても優しげな表情を浮かべている。

二年も一緒にいたのだからわかる。あの笑顔は、心からのものだろう。

「私も同じ気持ちです。諦めていたあなたとの結婚が叶った。夢のようだ。私の全てはあなたのものです」

ウェスター様はルルディィナ様に手を伸ばし抱きしめると、彼女の首筋に顔を埋めた。

「愛しています、ルルディィナ様。ずっと、永遠に」

ルルディィナ様も彼の背に腕を回した。傍から見たら、恋人同士にしか思えない。

……その時、私は全てを理解した。

マルガリタは、おそらく二人のことを知っていたのだろう。だからあの時、困ったような表情を浮かべたのだ。

「ティアナにも同じことを言っていたの？」

「いいえ」

「本当かしら？」

クスクスと笑う、ルルディィナ様。ウェスター様は彼女から体を少し離すと、可憐な唇に口づける。

「私の気持ちをこんなに高ぶらせるのは、あなただけです。あなたを諦めようとしてティアとの結婚を進めてしまった。ティアなら、なんでも私の言うことを聞いてくれそうだったから」

「あら？　ティアって愛称で呼んでいたの？」

「それは……」

　家族や親しい友人は、私のことを『ティア』と愛称で呼ぶ。ウェスター様にも、ずっとそう呼ばれていた。

「もう呼んでは駄目よ」

「もちろんです。こうなるのがわかっていたなら、ティアナとは付き合わなかったのに。あの時間がもったいない。無駄だった」

「なんてひどい方。そんなことを言っては、彼女がかわいそうだわ」

　その言葉に反して、ルルディナ様の声は弾んでいる。

「ずっと嫉妬していたのよ、あのご令嬢に。だから、お兄様に何度もお願いしていたの。目障りだから伯爵家を潰してって。でもそのたびに、『伯爵家は第三派の中でも影響力が強い。お父様が重視しているから難しい』って言われたわ。ふふ、お父様の療養中に、第一派と第二派が組んでくれて良かった。伯爵家も国外追放されるし、心の底から安心できるわ」

　ルルディナ様は甘えるように、ウェスター様の胸に頬をすり寄せる。

「それにしても、ティアナはあなたに未練たっぷりのようね。あぁ、欲を言えば、私があなたを奪われていた間の苦しみをティアナに与えてやりたい。追放なんて生温いものじゃなくて、一生幽閉が良かったのに――」

その言葉を聞いた瞬間、私の中で何かがブチッと音を立てて切れた。

「……は？　あいつ、いまなんて言った？」

自分の口からこぼれ出たのは、風音で消えてしまいそうなくらい小さな声。「あいつ」だなんて、いままで使ったこともない言葉だ。それに、口調も自分じゃないみたい。

「……ティアナの件は、私も危惧しております。昨日も、急に倒れて大変だったんですよ。きっと私の気を引くための演技でしょう。でも、安心してください。私の気持ちはあなたのもの。彼女が逆上してあなたに危害を及ぼした時には、この手で地獄に落としてやりましょう」

ふたたび何かがブチッと切れ、心の中で様々なものがガラガラと音を立てて崩れた。

地獄に落とされるべきなのは、私じゃなくてそっちだろうがっ！

喉までせりあがってきた言葉を、ぐっと呑み込む。

ここで私が二人に文句を言ったとしても、しょせん負け犬の遠吠え。まだ彼に未練があると思われるだけだ。

……実際、ここを訪れた時には未練があった。けれど、いまは憎しみの方が上回っている。

「ねぇ。あなたと私の結婚式に、新しい香水を発表しようと思うの。永遠の愛をイメージしたものよ。みんなに素敵な恋が訪れますようにって」

「ルルディナ様は、本当に優しい人だ。他の者達のことまで気にかけるなんて」

私は侯爵邸の柵から離れ、かぶっていた帽子を地面へ叩きつけた。

――優しい人なら、無実の人間を国外追放にしないだろ！　思考回路、どうなってんのよ？　ツッコミどころが満載なんですけど！

何が永遠の愛をイメージした香水だ。素敵な恋が訪れますようにだ。

私の幸せをぶち壊しただけじゃなく、家族の暮らしまで崩壊させたのに、自分達だけ幸せになるなんて冗談じゃない。

ふつふつと湧き上がるのは、あの二人への怒り。

「ふざけんな」

以前の自分ならば絶対に言わない言葉を吐き出し、踵（きびす）を返す。

許せない、絶対に。

衝撃の事実を知った私は、王都のメイン通りへ向かった。

このまま屋敷に戻ったら、感情に任せてお父様達に全てをぶちまけてしまいそうだった。だから、一度頭を冷やして落ち着きたかったのだ。

私を愛しているという言葉は偽りで、ウェスター様が心に決めた女性はルルディナ様だった。

あんなに大好きだった彼だけど、いまは憎くて仕方がない。そして彼ほどではないものの、ルルディナ様に対しても憎しみが湧いてくる。

できることなら、過去の自分に言ってやりたい。

男を見る目を養え！　って。

あなたが愛しているその男は、実はクズ男なんだと伝えたい。

「なんてゲスいの。あの二人」

王都のメイン通りは、人の往来が激しく活気に満ち溢（あふ）れている。

歩道と歩道に挟まれた道路はきちんと舗装され、二台の馬車が余裕を持ってすれ違えるほど広い。通りにはゴミ一つ落ちておらず、美しい外観の店が立ち並んでいる。看板や窓は丁寧に磨かれていて、清潔感がある。

リムス王国の王都ハーナ。この都市には、毎日多くの観光客が訪れる。観光客は富裕層の女性が特に多く、他国からやってくる者も少なくない。

だからこそ、王都のメイン通りは美しく整えられている。

最近は、リムス王国の王都付近に別荘を購入し、数か月ほど滞在する人までいるという。

それほどまでに女性達を惹きつける理由。それは、ハーナが『美容の都』であるからだ。

ハーナには、化粧品や美容に関する店が数多くあり、それらは富裕層の女性から絶大なる人気を誇っている。

中でも最も人気があるのは、ルルディナ様が考案した化粧品や美容グッズだ。彼女は可憐な容姿と高貴な身分を活かして、リムス王国の広告塔のような活動もしている。自国に限らず、他国の女性達もこぞってハーナを訪れてくれれば、その分、お金を使ってくれて国が潤うからだ。この大陸では、全ての国で同じ通貨が使われているしね。

これまで私は、ルルディナ様は国のために頑張っていてすごいなぁと尊敬していた。けれど今回、黒すぎる性格を目の当たりにして、幻想が崩れてしまった。

「腹黒王女だったなんて思いもしなかったわ。まさか、私のことを目の仇にしていたなんて」

呑気にルルディナ様を尊敬していた自分を殴りたい。

あぁ、怒りが再度湧き上がってきた。もう少し頭を冷やしてから帰ろう。

こうして私は、遠回りをしながら屋敷へと戻った。

屋敷のすぐ傍まで歩いていくと、我が家の門の前に家族と使用人達が立っていた。みんな、妙にそわそわとしている。

——何かあったのかしら？

私に気付いたお兄様が、「ティア！」と大声で叫びながらこちらに駆けてくる。

どうなさったの？　と聞く前に、「本当に良かった、無事で」と抱きしめられてしまった。

「お嬢様！」

「ティア！」

お父様や使用人達も、私の姿を見て安堵の表情を浮かべる。

「中央大橋と湖を捜している者達に、知らせてあげなさい」

「かしこまりました」

使用人達に指示を出すお父様の言葉から、現状をやっと理解した。

どうやら彼らは、傷心の私が行方不明になったと思っていたようだ。お兄様が無事で良かったと言っていたくらいだから、命を絶っている可能性も考えていたのだろう。

無理もない。結婚式を目前に婚約破棄されたのだから。散歩に行くとは伝えたものの、なかなか戻らないから心配させてしまったみたい。

私は、みんなを安心させるように言った。

「ゲスい人間のために、私が死ぬ必要なんてないもの。必ず一矢報いてみせるわ。消し去ってやる」

「ティア⁉」

「お、お嬢様⁉」

お兄様とメイド達は、目をひん剥（む）いて私を凝視する。

「ティアだよね？　そんな汚い言葉……悪魔に体を乗っ取られてしまったんじゃ……？」

お兄様は、心の底からびっくりされたよう。

でも、安心してください。悪魔に乗っ取られてなどいません。

お父様に視線を向けると、優しく微笑んでくれた。

「とにかく、ティアが無事で良かった。中に入って、アクティーヌに顔を見せてやりなさい。昨夜のこともあって、少し体調を崩したから中で休ませているんだ」

「まぁ！　お母様の体調が……？」

「大丈夫だ。いまは落ち着いている。今回の件では、苦労をかけてしまったからな」

お父様は眉間に深く皺（しわ）を寄せ、重い息を吐き出した。

いつもは前髪を丁寧に撫（な）でつけているのに、今日は下ろしたままだ。上着のボタンも襟元まで留めていない。

お父様にも心労の様子が窺（うかが）えたので、胸が痛んだ。

「ごめんなさい、お父様。私、自分のことばかりで……みんなのことを考えていなかったわ」

　お父様もお母様も、お兄様だって辛かったはずだ。

「いや、それでいいんだよ。ティアはひどい目にあったんだから。さぁ、屋敷に戻ろう。お客様もいらっしゃっている」

「お客様？」

「あぁ、ティアも知っている人だよ」

　疲れた表情をしたお父様は、私の背中に手を添えて屋敷に向かう。

　玄関を抜け、廊下を進み、居間の前にやってきた。その扉には、我がモンターレ伯爵家の紋章である剣が彫られている。私はその扉をゆっくり開けた。

　室内には左右対称にソファが置かれ、その間には重厚なテーブルがある。ソファにはお母様が座っていて、私の顔を見るとほっと安堵の表情を浮かべた。

　お母様の傍にはお父様のおっしゃっていたお客様がいたのだが、私は彼を見た瞬間、固まってしまう。

　凛々（りり）しい眉に、切れ長の目を持つ青年。彼は漆黒（しっこく）の前髪を綺麗に分けて、耳が隠れる長さまで伸ばしている。身に着けているのは上質な衣装で、その上からでも逞（たくま）しい体つきがはっきりと見てとれた。

「ヘラオス様」

彼は、第三王子のヘラオス様。

第三派と懇意にし、民のため熱心に動いてくれている心優しき王子殿下。

お父様を慕ってくれているようで、我が家にもたまに来てくれる。

「ティアナ。このたびは兄上達のせいで……申し訳ない……」

彼は立ち上がり、深々と頭を下げる。

「俺の力が足りないばかりに、諫めることができなかった。フォルス兄上に話をしたのだが、政治に口を出すなと言われてしまった。ルルディナ姉上にも相談しようとしたが、母上の身分のこともあり、俺は嫌われているんだ。だから近づくことすらできなくて……」

王太子殿下とヘラオス様の仲は、良好だと聞いている。でも、ルルディナ様と仲が悪かったのは初耳だ。

「父上を頼りたいのだが、実権はもう兄上が握っている。父上は体調も芳しくないし、動くのは難しいだろう。何もできず、申し訳ない」

ヘラオス様は言うと目を伏せた。私は首を横に振る。

「いえ、お気になさらずに。あんな男と別れることができて、本当に良かったです。あんな脳内お花畑なクズ男と」

「ティ、ティアナだよねっ⁉　俺の知っているティアナではないんだけど。ねぇ、リスト。本当に彼女はティアナなのか？」

ヘラオス様は、私の言葉遣いに驚いてしまったようだ。お兄様の腕を両手で掴み、左右に揺さぶっている。

お兄様は顔を引き攣らせながら、「い、色々ありましたから」と自分に言い聞かせるように言った。

ごめんなさい、お兄様。怒りのメーターが振りきれて、お口が少々悪くなってしまったんです。

「さぁ、みんな座ってくれ。これから大切な話があるんだ」

お父様が表情を引き締めながら言う。

「大切な話ですか……？」

私達はお父様の言葉に頷き、ソファに腰を下ろす。すると、メイド達がお茶の準備を始めた。

「知っての通り、私達はもうリムス王国にはいられない。他国にあてがないわけではないが、私はリムスの今後が心配だ。正確には、リムスの民が……」

「第一派と第二派が手を組んでしまったからですね」

　お兄様が確認すると、お父様は大きく頷いた。ヘラオス様も、付け加えるように言う。

「兄上達は、民達にいまよりも苦しい税を課すつもりらしい。それにより、姉上の化粧品開発に関わる資金や、兄上の戴冠式にあてられる費用を増やしたいようだ」

「はぁ？」

　顔をしかめる私を見て、ヘラオス様はお兄様にしがみつく。

「ね、ねぇ、リスト。いまの台詞ってティアナが言った？　俺の聞き間違いだよね？　あの控えめだったティアナが……すっかり変わってない⁉　パーティーでは他の令嬢が良い男を探して目を光らせている中、いつも壁際に立って微笑んでいたのに」

「いまの台詞は、妹が発したもので間違いありません。落ち着いてください」

　しかしお兄様の声もヘラオス様と同じように震えている。二人はテーブルの上の紅茶に震える手を伸ばした。ティーカップとソーサーがぶつかり合う、カタカタという音が響く。

　そんな二人を見ながら、私はふたたび口を開いた。

「ルルディナ様は、充分稼いでいらっしゃるのでしょう？　その儲けから開発費用を出せば良いのでは？　戴冠式だって、もともと割り当てられている予算がありますよね？」

私の問いかけに、ヘラオス様は深刻そうに答えた。

「戴冠式を記念して新しい離宮を建てるそうだ。さらには記念品として、兄上の顔を彫った金貨を配るらしい。式には他国から招待客を多く呼び、リムス王国の権威を見せつけるつもりだよ。これは兄上ではなく宰相達の発案だ」

「はぁ？　意味がわからない！　民にばかり負担をかけてしまったら、国が崩壊する未来しかないじゃない！」

私がそう言うと、ヘラオス様は頭を抱えてしまう。

「俺だけじゃなく、第一、第二派の中でも良識ある貴族が反対しているけど、かなり少数なんだ。国に残っている第三派は、力が弱い。トライゾ侯爵の寝返りやモンターレ伯爵の追放で、圧倒的に戦力が不足している」

その言葉を聞き、溜息をついたお父様は、力強く言った。

「私はリムスの民を守りたい。だから、しばらくは国外で暮らすが、近く国内に戻り、身をひそめることにした。他の第三派の貴族達も同じように、水面下で動くことになっている。最悪な状況だけは避けたい……」

拳を握るお父様に、深く頷くお母様。きっと、お母様も傍でお父様を支えるつもりなのでしょう。

その時、お父様がふと複雑そうな表情を浮かべた。

「お父様？　どうかされたのですか？」

思わず尋ねると、お父様は困ったような声音で言う。

「……いや、一つだけ心残りがあるんだ。実は、エタセル国のレイガルド陛下に、教えを乞われていたんだよ。本当はしばらくエタセルに滞在する予定だったのだが、この状況ではそれも不可能だ」

民のための政治を目指していた、リムス王国の第三派。他国にも、もちろん同じような思想を持つ人達がいる。お父様達は彼らと何度も会談し、親交を深めていた。

エタセルという国の王とも、繋がりがあったのかもしれない。

「そのエタセルというのは、どこにある国なのですか？」

私が首を傾げると、お兄様が答えてくれた。

「エタセルは、ローリアン国の属国として長年支配されていた国だよ。独立戦争をして、二年前に勝利を勝ち取ったんだ。現在の国王は、エタセルの元傭兵だったはず」

お父様は頷いて、お兄様の言葉を引き継いだ。

「そう。彼らは民のために、新しい国づくりをしている最中だ。しかし、戦争が終結して二年が経つが、あまり進展がなくて困っているらしい。国王陛下を含め、国政の中心にいる人物には傭兵だった者が多く、知識が足りないのだそうだ」

「お父様は、彼らの手助けをしたいのですね」

「一度様子を見に行き、何かアドバイスをできたらと思ったのだが……エタセルは遠すぎる。長い間リムスを離れるわけにはいかない」

お父様は苦しげな顔をしたまま、手をきつく握りしめている。

リムスもエタセルも放っておけないので、心苦しいのだろう。それなら、私がその憂いを取り除いて差し上げたい。

「お父様。私がエタセルまで赴きますわ。国づくりのお手伝いをできるかどうかはわかりませんが、エタセルがより良い未来に進めるよう、尽力いたします」

そう言うと、お父様が驚いたように目を見開いた。

「ティアが?」

「はい。お父様は、リムスのみんなのために第三派の方達と動いてください」

私には、エタセルを救うほどの力などない。けれど、どうせ国外追放されるのであれば、何か人の役に立つことをしたい。

「エタセルまでは、かなり距離があるぞ？　馬車で一か月半はかかる」

「大丈夫ですわ。一か月半でしたら、西大陸のお祖父様達のところに行くよりも近いです」

　この世界には、四つの大陸があり、北東西南に分けられている。お母様が西大陸の出身なので、祖父母は違う大陸で暮らしていた。西大陸へ行くには船で海を渡らねばならず、二か月はかかる。

　ちなみに東の大陸出身者は髪の色が濃く、西の大陸出身者は髪の色が薄い。お母様似の私とお兄様は、髪色が薄めだ。

　私達とよく似た髪色の祖父母を思い出す。私の結婚式で久しぶりに会えるはずだったのに、それも叶わなくなってしまった。

「だが……ティアを一人で行かせるわけには……」

　渋るお父様に対し、「僕も行くよ」とお兄様が名乗りを上げてくれた。

「ティアを一人にするのは心配だし……まぁ、いまのティアなら、そのへんの男より強そうだけど。一人より、二人の方が心強いだろう？」

「お兄様、ありがとうございます！」

　隣に座っているお兄様の腕に抱きつくと、お兄様は頬を緩めて私の頭を撫でてくれる。

「リストも一緒なら安心だわ。ねぇ、あなた」

「……そうだな」

　両親が微笑み合った直後。

廊下を慌ただしく駆ける音が聞こえてきて、少し乱暴なノックの音が響いた。そして扉が勢いよく開き、メイドが飛び込んでくる。

「お嬢様、大変です！」

メイドが肩で大きく息をしながら、眉を下げて私を見つめる。

私はゆっくり立ち上がり、彼女のもとへ足を進めた。

「どうしたの？　もうこれ以上大変なことなんてないと思うけど。水でも飲んで落ち着いて」

「あ、あの方が……あの方がお嬢様にお会いしたいと！」

「あの方？　元婚約者のクズ男かしら？　塩を撒かなくちゃ。あ、顔面にもぶつけたいから、大量に用意して。なんなら岩塩の方が良いかも」

「ティ、ティア」

私の言葉に、お兄様とヘラオス様が顔を真っ青にして胃を押さえている。両親も、顔を引き攣らせていた。

視線をメイドに戻すと、彼女は切羽詰まった声で言う。

「い、いいえ、お嬢様。ウェスター様ではなく、ルルディナ王女殿下ですっ！」

「王女殿下が？　ティアと仲が良かったか？」

お兄様と両親が私へと視線を向ける。ヘラオス様も不思議そうな表情を浮かべた。

「姉上が何故?」

「あー。そりゃあ、大変だわ。あの腹黒王女がうちに来るなんて、嵐の到来だもの」

婚約破棄の黒幕が彼女だと知っている私は、乾いた笑いを漏らす。

もしかして、「私の男に手を出さないでね」と釘を刺しに来たのだろうか。

とりあえず、会わなければ話にならないだろう。

「用件は伺っているかしら?」

「それが……その……招待状を直接お渡ししたいとのことです。応接間にお通ししようとしたのですが、玄関で構わないとお待ちになられていて……」

「招待状?」

メイドの返事を聞いて、私は眉をひそめた。できることなら、彼女にも岩塩を投げつけてやりたい。だが、とりあえず話を聞く方が先だと玄関ホールに向かう。

翡翠(ひすい)色の絨毯(じゅうたん)の上には、華やかな少女が立っていた。

豪奢(ごうしゃ)なドレスをまとい、二人のメイドと三人の護衛を従えている。

私に気付いたルルディナ様は、「夜会ぶりね、ティアナ」とにっこり微笑んだ。

「ご機嫌よう、ルルディナ様」

いやー、あなたは夜会ぶりかもしれないけど、私はウェスター様との逢瀬を見ちゃったからね。本日二回目なのよ！

「ルルディナ王女殿下。玄関ではなく、是非中へお入りください」

私のあとを追ってきたお父様はそう申し出るが、ルルディナ様は首を左右に振った。

お父様の傍では、お母様とお兄様が心配そうな顔をこちらに向けている。ヘラオス様は、こっそりうちに来ているからか、物陰から隠れて見ているみたい。

「ごめんなさい。是非そうしたいのだけれども、私ってば多忙なの。これから新作の商品の打ち合わせがあって」

「そうなのですね」

「ええ。我が国は、観光大国でしょう？　一国の姫だからこそ、国のために貢献しなくては。ティアナが羨ましいわ。自由な時間がたくさんあって。良いわね～」

私が毎日暇と言いたいのだろうか。

頬が強張るのを隠すべく、私は「ふふっ」と笑って口元を手で覆った。

「ルルディナ様はお忙しいですものね。少し休息も必要ですわ。どうぞ、ご自愛してください」

「ありがとう」

そう言って口角を上げたルルディナ様だけど、瞳は笑っていない。

まぁ、それはお互い様か。私も笑っていないから――

「今日はあなたに招待状を持ってきたの」

ルルディナ様は従者から封筒を受け取ると、私へと差し出した。

受け取りたくねぇ……と毒づきたくなった。だが、もしかしたら良心の呵責から、私のお別れパーティーを開いてくれるのかもしれないという考えも浮かんだ。

……そんなことは絶対にありえないなと思いつつ、両手で封筒を受け取る。

「まぁ！　ルルディナ様から直接いただけるなんて光栄です。一体なんの招待状ですか？」

「私とウェスター様の結婚式よ。私から直々に渡したくて来ちゃった。絶対、出席してね」

「え？」

反射的に、封筒を破きそうになってしまった。

「本当は、いますぐにでも結婚したいの。ほら、お父様も療養中でしょう？　私の花嫁姿を早く見せてあげたいし。でも、ウェスター様はもともとあなたと婚約していたから、すぐに私と結婚すると世間体が悪くなっちゃう。お兄様達は世間体は大切だから最低でも二年は待てって」

「……渡す相手を間違えていませんか？　お父様宛ではなく、これを私に？　ウェスター様はご存じなの？」

質問攻めになってしまったのは仕方がないことだろう。だって、誰が見てもおかしいに決まっている。

一方的に婚約破棄した相手を自分の結婚式に招待するなんて、正気の沙汰とは思えない。そもそも、爵位剥奪の上に国外追放される我が家の人間に、二年後の結婚式の招待状を渡すなんて。

「いいえ、あなたで合っているわ。もちろん、ウェスター様も了承済みよ。彼も私も、みんなからおめでとうって祝福されて式を挙げたいの」

「斬新！　なんて斬新なの。すごい！　脳内花畑だなって思っていたけど、その上を行っていたわ。ねぇ、お兄様。すごくないですか？　こんなにも自然に人の神経を逆撫でできる人間なんて滅多にいませんわ。よく顔を見ておきましょうよ」

私は、呆然としているお兄様に近寄って肩を叩く。お兄様はハッと我に返り、まるでブリキの人形のようにギクシャクとこちらへ顔を向けた。困惑気味なお兄様の唇は、小さく震えている。

「ティア、この異常な状況で、どうしてそんなにはしゃいでいるんだい……？」

「リスト様、お嬢様のお気持ちを汲んでください！　お嬢様は、私達に心配をかけないよう気丈に振る舞っているんですよ」

　メイド達が叫ぶように告げた言葉は、お兄様の心に響いたらしい。彼は大きく目を見開くと、琥珀色の瞳を潤ませ、私を抱きしめた。

「すまない、ティア。君の気持ちを察することができなかった」

「えっと……」

　別に気丈に振る舞ったわけではなく、本当に、斬新！　という言葉しか口から出なかったのだ。

　私がルルディナ様の立場なら、絶対、元婚約者には結婚式に来てほしくない。気まずいし、恨みを買っているのだから何をされるかわかったものではない。

――次元が違いすぎる。異次元の住人かしら？　一般常識が通じないわ。

「王女殿下、娘の気持ちを察してはくださらないのですか？」

　お父様が淡々とした口調で尋ねると、ルルディナ様は眉をひそめる。

「あら？　おかしなことを聞くのね。どうして私がティアナの気持ちを察しなければならないのかしら。私とウェスター様の結婚は、みんなに祝福されるべきなの。だって、深く愛し合っていたのに、ティアナに引き裂かれ、それを乗り越えてやっと結ばれたのだから」

「引き裂かれたって……勝手にお互い諦めていただけですよね。相手に確認するのが怖かったから逃げていたのを、人のせいにしないでくれませんか。悲劇のヒロイン気取りですか？」

トライゾ侯爵邸での光景を思い出してしまい、刺々しい口調になってしまう。

――あれは、本当に衝撃的だった。こっちはトラウマを植えつけられたのに、加害者扱いってなんなの？

感情が制御できず、私の顔が歪んでいく。

こんなやつと元婚約者に、自分の人生を壊されたと思うとやるせない。

「あなた、私達が思い合っているのを知っていて、ウェスター様と婚約したの!? 最低ね」

ルルディナ様が声を荒らげる。最低なのはどっちだ。

「知ったのは、婚約破棄後ですわ。知っていたら婚約なんてするはずないでしょうが。想像力が欠如していますよね、ルルディナ様って。あぁ、ごめんなさい。想像力があったら、私に結婚式の招待状を渡しに来ていませんよね。それから、ウェスター様にはもう未練なんてありませんよ。こっちから願い下げですので、どうぞお好きになさってくださ い。脳内お花畑のお二人はすごくお似合いですわ」

「な、なんて無礼な！　私が誰だかわかっているの？」

「私の存在が目障りで伯爵家を潰したかったけど、自分の力では潰せなかった王女様」

そう口にすると、左頬に衝撃が走った。ぐらりと視界が揺れて、ドンという音が響き渡る。

毛足の長い絨毯が私の体を受け止めてくれたのだが、地味に痛い。倒れた瞬間手をついたせいで、手首も少し捻ったようだ。口の中には、錆びた味が広がっていく。

メイド達の悲鳴に加えて、お兄様や両親が「ティア！」と呼ぶ声が聞こえてきた。

耳がキーンとする……私、叩かれたのか。

まぁ、感情的になって彼女を煽った私にも非があるけれど。

ゆっくり顔を上げれば、護衛達が暴れるルルディナ様の腕を押さえているところだった。

「姫様！」

「あなた達、離しなさい！　この女は私を愚弄したのよ！」

どうやらルルディナ様の地雷を踏んでしまったようだ。

頭に血が上っているらしく、可愛らしい顔を醜く歪ませて私を睨んでいる。

「今回は姫様が悪いですよ。常識的に考えて、さすがに結婚相手の元婚約者を式に呼ぶのは……円満に別れたわけじゃないのですから……」

「私が悪いと言いたいの？　私達の幸せを、かわいそうなティアナに分けてあげようと親切にしたのに」

「私がかわいそう……？」

自分の片眉がぴくりと跳ねたのがわかった。

二人の逢瀬を見てからウェスター様が一番憎かったけれど、ルルディナ様がそれを抜いた瞬間だ。

メイドが持ってきてくれた布で口元を拭い、お兄様の手を借りて立ち上がる。

ルルディナ様は勝ち誇ったような顔で続けた。

「ええ、かわいそうよ。だって、私には愛するウェスター様との幸せな未来が待っている。しかも、私は自他共に認める才能を持っているわ。でも、あなたには何も残されていないでしょう」

「姫様、もうおやめください！」

彼女の護衛が制止するけれど、ルルディナ様は全く聞いていないようだ。

「かわいそうなティアナ。だって、どんなことがあっても私を超えることはおろか、同じ場所に立つことすらできないんだもの。たかが伯爵家の令嬢……いいえ、もうすぐ伯爵家でさえなくなるわ。ただの庶民。そこらへんにいる群衆の中に埋もれる人間。随分落ちたわね、ティアナ。どんな気分なのかしら？　庶民って」

あぁ、こいつのことを叩き潰したい。

心から憎悪の感情が湧き出てきた。

だがルルディナ様の言う通り、私には圧倒的に力が不足している。それは自分自身が良く理解していた。

力をつけなければならない。王女殿下と対等になるくらい……いや、もっとだ。ルルディナ様達を超えて、遥か上から見下ろすくらいに、権力も地位も得なければ。

「申し訳ありません、伯爵」

護衛が眉を下げてお父様に謝ると、お父様は厳しい顔をしたまま口を開く。

「すまないが、今日のところは……」

「はい。本当に申し訳ありません」

疲れきったお父様の声を聞き、私はもう少し感情を抑えるべきだったと後悔してしまう。

――今度からは、この怒りをなるべく表に出さないようにしないと！

「姫様、城へ戻りましょう」

「いやよ。まだ終わってないわ！」

「ウェスター様がいらっしゃる時間です。お待たせしてしまってよろしいのですか？」

「……わかったわ」

嫌悪感たっぷりの顔で私を睨んでいるルルディナ様。

彼女は護衛達に宥められ、私に背を向けた。私が「ルルディナ様」と声をかけると、彼女はこちらを振り返る。

「招待状は受け取らせていただきます。ルルディナ様とウェスター様の結婚式、楽しみにしていますわ。さっきご自分が言ったこと、忘れていませんよね？『どんなことがあっても私を超えることはおろか、同じ場所に立つことすらできない』……一言一句覚えていますわ。あなた達の結婚式までに、私は必ずルルディナ様を超えて、もっと高いところからあなた達を見下ろしてやりますので」

「ふふっ。随分強気ね。負け犬の遠吠えかしら。叶わぬ夢は見ない方が良いわよ。自分が憐れになるから。優しい私からの忠告よ」

「未来はわかりませんわ」

「頭が弱いってかわいそう。どうせあなたは無様に地を這うことしかできないのに。庶民のティアナに何ができるのかしら」

私と王女の間に、目に見えない火花が散る。

ルルディナ様は眉を吊り上げて、私を睨(にら)んでいる。きっと私も似たような表情をしていることだろう。

この国を出てエタセル国に行き、人々の役に立ちたい。

その過程で力をつけて、新しい自分になりたい。

そして堂々とルルディナ様達の結婚式に出席して見返してやる！

――こうして、私の新たな目標が決まったのだった。

第二章

ルルディナ様の襲来から二か月後。

私達家族は慣れ親しんだ伯爵邸に別れを告げた。

お兄様と私はエタセル国へ向かう。お父様とお母様は国外に一度居住を移し、落ち着いた頃に再度リムスへ戻って潜伏生活を送るらしい。

リムス王国からエタセルまでは、かなりの距離がある。

大きな鞄（かばん）がはち切れそうになるくらい荷物を詰めて、辻馬車を乗り継ぐ私達の旅が始まった。

リムスからエタセルまでは、馬車で一か月半。

色々な国を経由し、やがて私達はファルマという国に到着した。エタセルまでは、馬車で五日ほどの距離がある国。

道中、お兄様に伺った話によると、ファルマの現国王ライナス様には、廃太子となった過去があるという。なんでも、不貞の子だと疑われたのだそう。

ライナス様の母君は身の潔白を示すために自害。ライナス様はその瞬間を目撃してしまったそうだ。

その後、父王に見捨てられたライナス様は、妹君と共にファルマの辺境の地へ追放された。

——数年後、ライナス様は母君の無実を証明するために調査を始め、真相が明らかに。

全ては、側室数名と謀反を目論む貴族の罠だったという。

しかし、疑いが晴れてすぐに復権できたわけではない。

廃嫡されたまま、さらに数年後、父王が倒れられた。

まだ幼い他の王子達を即位させるわけにはいかない。そのため、急遽ライナス様の叔父が王位に就いたのだけれど、彼は他国にまで知れ渡るほどの悪政を敷いた。

このままでは国が傾くと誰もが危惧し、新しい王が求められた。そこで白羽の矢が立ったのが、当時十九歳だったライナス様だったらしい。

彼は王位に就き、様々な改革を行った。そして現在のファルマへと導いたとのこと。

リムスのクズいやつらに、ライナス様の爪の垢でも煎じて飲ませてやりたい。

「お兄様、見てください！　さすがは東大陸で一番大きな国！　立派ですわ」

目の前に広がる光景に、私は感嘆の声を上げる。

ファルマの王都の中心地は、リムス王国とは規模がまるで違っていた。

大通りは馬車六台は並んで通れるくらいの広さだし、教会などの建物は驚くほど美しく、意匠が凝らされている。

遠くに見える城も、リムスの王城の十倍は大きかった。

——風の匂いも違うのよね。

体を包み込むように吹く風は、爽やかで落ち着く薬草の香りを届けてくれる。

医療大国として名高いファルマらしい香りだ。

私はあたりをきょろきょろと見回す。目に映るもの全てが新鮮で、興味深い。

「はしゃぐティアも可愛いね」

隣に立っているお兄様は、私を見て目尻を下げている。

「あら、なんのお店かしら……？」

ふと、視界の端に入った店が気になった。

三角屋根と白い壁が特徴的な店の前には、私の身長の二倍はある黒猫のヌイグルミが置かれている。そのヌイグルミは、大きな看板を持っていた。

「魔術協会認定店・リリィ。魔術系の商品を販売しているのかもしれないね」

この世界には、魔力を保持して生まれてくる人間がいる。それは全人口の三分の一ほといわれていて、魔法を使える者も珍しくない。そしてそういった人達の多くは、魔術師となるのだ。

「時間もあるし、立ち寄ってみるかい？」

「はい！」

私は大きく頷いて、お兄様と共に店の入り口へ向かう。

両開きの扉をぐっと押して中に入ると、店内は賑わっていた。

旅人と思われる恰好をした人から、三角帽子をかぶって箒を手にしている人までいる。

「いらっしゃいませ」

よく通る声が聞こえ、一人の女性が現れた。

くるぶしが隠れるくらいの丈の漆黒のワンピースに身を包み、同じく漆黒の髪を高い位置で二つに結んでいる。肩には、蝙蝠のような羽が生えた黒猫を乗せていた。

猫、可愛い。

羽の生えた猫は初めて見たけど、使い魔かな？

使い魔というのは、魔術師に仕えている魔族のこと。

主の手となり足となり、命に従うのだという。主に猫が多いと聞いているが、中には鳥などもいるらしい。

「お探しのものがありましたら、伺いますよ。魔術協会の会員の方は店内全品割引対象となっておりますので、精算の時に会員証を提示してください」

「看板に魔術協会認定とありましたが、やっぱり魔法具のお店なんですね」

魔法具とは魔力の込められた便利な道具で、私達の生活に欠かせないものだ。

一番身近なのは、照明魔法具。

大通りなどの通路に等間隔に設置されていて、暗くなると自動で明かりが灯される。

すごく便利だけれど、最初に魔力を注がなければならないため、魔術師の協力が必要だ。

「はい！　魔術協会認定店・リリィのファルマ支店です。ちなみに本店は西大陸にありますよ。魔法具に関して、うちはファルマ一の品揃えを誇っています」

「……例えばなんですけど、相手を呪うものとかってあります？」

私が店員さんに尋ねると、お兄様が目を剝いた。

「ティアっ!?」

「ありますよー。こちらにどうぞ」

「え、あるんですかっ!?」

驚愕の声を上げたお兄様に、店員さんは「うちは品揃えが豊富なんです」とにっこり微笑んだ。

私達が案内されたのは、店内の奥まった場所にある棚。そこには、怪しげな文字が刻まれた蝋燭や大きな針、黒い薔薇などが並んでいる。

店員さんはその棚に置かれていた箱を手に取り、蓋を開けて私に差し出した。

「どうぞご覧になってください。クラフト女王の呪いセットです。呪詛系では最もメジャーな呪いになります。ちなみにクラフト女王というのは、太古の昔に沈んだとされている大陸の女王で、古文書にはこの世界最初の魔女だと記載があります」

メジャーな呪いなんてあるのか。

うん、女王の呪いとなれば強そうな気がする。

敵は王女とその婚約者だし、もってこいだ。

――箱の中には、蝋燭と乾燥した白っぽい葉、それから薄いクリーム色をした網状のものが入っている。あとは羽かぁ。

値段がお手頃なら、買っちゃおうかな。

「ティア、呪いなんてやめなさい」

「聞いてみただけですわよ、お兄様。ねぇ、店員さん。ちなみにおいくら？」

「待って。ねぇ、ティア。何故値段を聞くんだ？」

「千八十ギルです」

「そんなに高価なのか！」

お兄様が目をひん剥いて、箱の中を覗き込む。

……私の性格も変わったけれど、お兄様も随分変わった気がする。

ピンチの時には颯爽と駆けつけてくれるカッコイイお兄様――のはずが、いまはツッコミを入れたり墓穴を掘ったり。

いまのお兄様も好きだけどね。

「店員さん、もしかして呪いの代行サービス料を含んでいますか？　それとも何か高価な品がこの中に？」

お兄様が驚くのも無理はない。

だってそんなお金があったら、庶民が三年は楽々暮らしていけるのだから。

値段が値段なので、確実に呪える呪詛グッズなのだろうか。

「いえ。商品代のみです。こちらのコニックの葉が高価なんですよ。葉だけで、八百ギル。このハーブはエタセル国でしか取れないんです。近年、さらに値上がりをしてしまって……仲介業者の話では、独立戦争の影響だと」

店員さんは、箱の中の白い葉を指さして言う。私は首を傾げる。

「コニックの葉？　聞いたことがないです」

「もともと輸入量が少ないんですよ。ファルマでも、うち以外で取り扱っている店は聞いたことがないですね。入荷している店を探す方が大変です」

「へー。貴重なんですね」

「希少なものですし流通量も少なくて。高値になってしまうのは仕方ないのですが……毎年値上がりして天井が見えなくなっているんです。コニックに限らず、エタセル国のハーブは全て仲介業者の言い値で取引されていまして」

「仲介業者……？」

「はい。昔からの習わしです。ローリアン国お抱えの仲介業者が、エタセル国の薬草の流通を取り仕切っているんです」

エタセル国の北部に位置する、ローリアン国。

百二十年前に二国間で戦が起こり、ローリアンが勝利。以来、エタセルはずっとローリアンに支配されてきた。

だが二年前、エタセルがローリアンから独立すべく立ち上がり勝利した。こうして、ようやくローリアンの支配下から抜け出すことができたのだと聞いている。

「エタセルはもう独立したので、ローリアンは関係ないはずでは？」

私がそう尋ねると、店員さんが困ったように答えた。

「そうなんですが、ハーブの流通については統治時代から変わらずのままでして」

「それって、もしかして……」

私はお兄様に視線を向ける。お兄様は深く頷き、嘆息しながら前髪をくしゃりとかき上げた。

「搾取しているのかもしれないな」

「やっぱり、仲介業者が？」

「……だろうね」

仲介業者がどのくらいの額でハーブを仕入れているのかは不明だが、安く仕入れて高値で売りさばいている可能性は高い。

本当は仲介業者なんて通さず自分達で売買した方が良い。仲介料を取られずに済むのだから。けれど、それができない事情があるのだろう。

あー、なんか苛々してきた。

仲介業者ばかりが儲かって、エタセルは一向に豊かにならない。

そんな状況を想像し、私は思わず眉を寄せる。

「お客様？」と店員さんに声をかけられ、我に返った。

なんでもないですよ、という風に微笑んで誤魔化す。

「他の商品もご覧になりますか？　魔女直伝のハーブのブレンドティーなどもありますよ。お値段もお手頃で、うちの店でも人気なんです」

「苛々を抑えるやつありますか？　最近、苛々することばかりで安眠できないんですよね。夢にまで出てくるんです、あのクズい二人」

「ねぇ、ティア。もしかしてその二人って……」

　お兄様が青ざめながら私を見つめる。

「もちろん、ございますよ！　鎮静効果のあるハーブティーはいかがでしょう？　頭痛や喉の痛みに効くハーブティーもありますよ。体質や体調によっては避けた方が良い種類もありますので、気になるハーブがあれば飲み合わせが可能か教えますよ。私、薬剤師の資格も所持していますので」

「えっ、すごい」

「ファルマ生まれですからね。ファルマは医療大国。国民は何かしら医療に関する資格を所持しています。医療知識を深めるために、他国からも留学生が多くいらっしゃるんです」

　店員さんはそう言って、にっこりと微笑んだ。

——買い物を終えた私達は、両開きの扉から店の外に出た。

すると、ガァ！　という痛々しい鳴き声が聞こえてくる。

目の前の通りに視線を向ければ、黒い物体があった。

もごもご動いているので、生き物のようだ。

「鳥……？」

翼のようなものをバタつかせて飛ぼうとしているが、片方の羽が上手く開かないみたい。馬車に轢かれてしまったのだろうか。

夜を連想させる色彩を持つ鳥は、ずっと同じ場所でもがいている。

——また馬車に轢かれてしまったら、今度は怪我だけじゃ済まないわ。すぐに助けなきゃ。

私はお兄様に荷物を渡し、鳥のもとへ向かおうとした。

「え、ティア⁉」

「大丈夫ですわ。すぐ戻ります」

馬車が来ないことを確認し、黒い鳥の傍にしゃがみ込む。

鳥の正体はカラスだった。

黒檀のような羽には血が滲み、大きな傷口が見て取れる。

「血だらけだわ！　移動するから、ちょっと痛いかも。ごめんね」

カラスの体をそっと持ち上げると、鋭い嘴でガツガツ手をつつかれた。地味に痛くて、涙が出そうになる。それをぐっと堪え、お兄様のもとに戻った。

「カラスでしたわ」

「怪我をしているようだね。あぁ、出血場所は右の翼か。体にも少し傷があるね」

「お兄様。獣医に診せなければ、この子が……」

私は、腕に抱いているカラスに顔を向ける。

けれど、ここは先ほど到着したばかりの異国。動物を診てくれる病院がどこにあるのかわからない。

町の人に聞いてみようか。あるいは、魔法具の店に戻って、店員さんに尋ねてみようか。

そんなことを考えていると、後方から声をかけられた。

「そこの二人。何か騒いでいるようだが、どうしたんだ？」

よく通る低めの声に、私とお兄様はパッと振り返る。するとそこには、一人の青年が立っていた。

初めは訝しげにこちらを見ていた彼は、すぐに目を大きく見開き、驚きの表情を浮かべる。

「お前達は……ティアナとリスト？」

彼は、私達のことを知っているようだ。すぐに記憶を辿ってみるものの、私には見覚えがなかった。

驚くほど整った顔立ちをしていて、菫色の髪を一つにまとめて左肩に流している。眼鏡の奥の瞳は、透き通るような空色でとても美しい。

まとっている衣服は一見シンプルだけど、袖や襟元には繊細な刺繍が施されていて、生地も上質だとわかる。衣服の上からでも、無駄な脂肪などなく、逞しく引き締まった体躯であることが見て取れる。

もしかしたら、どこかの貴族かもしれない。

建国記念や国王陛下の生誕祝いといった大きな催しがある際は、王宮で盛大なパーティーが開かれる。リムスの王族や貴族は全員参加し、諸外国からも王族貴族が呼ばれるのだ。その時に挨拶を交わしていたとすると、私やお兄様のことを知っていてもおかしくない。

――なお、私は元婚約者が好きすぎて、パーティーでは彼以外ほとんど視界に入っていなかった。だから、他国の貴族の顔をしっかり覚えていない。

一方、お兄様は青年のことを知っていたらしい。

「あ、あなた様は！」

驚きの表情を浮かべるお兄様に、青年は苦笑を漏らす。

「……すごいな。眼鏡と鬘で変装しているのに。バレたことはあまりないんだが」

青年が肩を竦めた瞬間、髪がさらさらと肩からこぼれ落ちた。

「お兄様、お知り合いですか？」

「このお方は……」

私の疑問にお兄様が答えようとしたけれど、その言葉を遮るように青年が口を開く。

「ライだ。リストの友人だよ。ティアナの両親とは顔なじみでもあるかな……それより、ティアナが抱いているのはカラスか？」

彼は私の腕の中を覗き込み、カラスの翼にそっと手を伸ばした。

「怪我をしているのか」

彼は指先を静かに動かし、傷口などを確認する。

「出血は多いが、傷口は見た目に反してさほど深くない……骨にも異常はなさそうだな。完治すれば、また飛べるようになるぞ」

迅速な診断に、私は目を丸くする。

「獣医の資格をお持ちなんですか？」

「いや、所持しているのは、人間の方だ。あとは、治癒魔法を使うことができる」

「治癒魔法……もしかして治癒魔術師？」

魔力を持つ人は魔法を使うことができるが、魔力量や素質により、使える魔法と使えない魔法がある。治癒魔法を使える人は、治癒魔術師と呼ばれていた。

「あぁ」

青年は頷くと、ふたたびカラスに視線を戻した。

「ティアナ、カラスの体をしっかり押さえておけ。治癒魔法で出血を止める。痛みはないが、野生の動物は暴れる可能性がある」

「はい」

私は彼に言われた通り、カラスの体を固定するようにしっかり掴む。

彼がカラスの翼に手を添え、詠唱を紡ぐと、蝋燭（ろうそく）の明かりに似た淡い光がカラスを包み込む。

突然の出来事に、カラスはパニックになったらしい。「カァ!?」と裏返った鳴き声を上げて暴れ始める。

「大丈夫。大丈夫だから」

人間の子供に伝えるよう優しく告げると、「ガッ」と弱々しく鳴いて大人しくなった。

――通じたのかな？　良かった。

「鳥に治癒魔法を使ったことはなかったが……大丈夫そうだな」

彼はカラスからゆっくりと手を離し、傷口を確認しながら言った。

「傷口はある程度まで癒した。野生動物に、これ以上治癒魔法は使わない方がいいかもしれない。ここからは、薬草での治療にした方がいいだろう」

「薬草……？」

「調合してやるから、ちょっと待っていろ。手持ちの薬草で足りると思う」

青年がカラスを撫でれば、ピクリと体を強張らせたあと、徐々に力を抜いて目を細めていく。どうやら、大丈夫だと判断してくれたようだ。

その様子を傍で見守っていたお兄様は、少し困ったような表情で口を開いた。

「お手数をおかけして申し訳ありません。へい――」

「ライだと言っただろ？」

お兄様の言葉を遮るように、青年は言葉を被せてくる。

「ライ様とお呼びしてもいいですか？」

私が尋ねると、彼は小さく首を横に振った。

「ライでいい」

しかし、お兄様の瞳は大きく揺れている。おそらく彼の身分は、私達と比べものにならないほど高いのだろう。

眼鏡と鬘（かつら）で変装していると言っていたし、もしかしたらやんごとなき身分の方かもしれない。

「リストは相変わらず真面目だな。ティアナ、俺のことはライと呼んでくれ。友達と話す時のような、気軽な口調で構わない」

「では、私のこともティアと。家族や友人は、ティアと呼んでくれていますので」

「わかった。リストもそうしてくれ。ここで目立つことは避けたい」

お兄様は動揺した素振りを見せたが、やがて大きく頷いた。

それを見て、彼――ライは気を取り直したように口を開く。

「ティア、リスト。婚約破棄の件と伯爵の追放の件、聞いたよ。二人とも大丈夫か？」

「ありがとう、平気よ。ただ、お父様達に迷惑をかけてしまったわ……第三派の勢力も削（そ）がれているし、今後のリムスが心配で――」

「あれはティアのせいじゃないよ」

お兄様が首を左右に振りながら言う。

「ですが、お兄様」

「あれは、王女殿下達が悪い。ティアを傷つけただけじゃなく、婚約破棄されたばかりのティアに結婚式の招待状を持ってきたんだ。神経を疑う行為だよ」

「招待状……？　詳しく話を聞いてもいいか？」

ライが首を傾げたので、私は軽く説明した。

ルルディナ様が私をずっと疎ましく思っていたこと、元婚約者がルルディナ様にずっと恋い焦がれていたことなど。

話している途中、何度も腸が煮えくり返った。思い出すたびに、不快感が襲ってくる。

あいつらが幸せの絶頂にいると思うと、苛々がおさまらなかった。

私の人生は、私だけのものなのに。あの二人に、軽々しく人生を弄ばれたのが許せない。

「斬新だな。普通、結婚式の招待状なんて渡すか？」

ライの反応に、私はグッと身を乗り出す。

「でしょ？　やっぱりライもそう思うよね。あの二人、絶対に神経図太いよ」

「ねぇ、ティア。前にも聞いたけれども、ウェスター達のことをすっぱり忘れるという選択肢はないのかな……？」

「ありませんわ」

きっぱり答えた私に対し、お兄様は大きく肩を落とす。

お兄様の気持ちも理解できる。あんな人達のことはさっさと忘れて区切りをつけ、新しい道を進めと言いたいのだろう。

お兄様に限らず、マルガリタをはじめとした周りの人達からも、「早く忘れろ」って声をかけられたもの。だけど――

「あいつらを忘れることなんてできない。私のことをこれ以上見下せないくらい力をつけてあの二人を見返してやるわ」

私がそう宣言すると、ライも大きく頷いてくれる。

「忘れるなんて無理だろ。憎しみは簡単に消えるわけがないんだ。俺はティアのことを応援するよ。憎しみをバネにして奮闘し、新しい自分になってルルディナ達を見返す。良いじゃないか。ただ、憎しみに囚われすぎて自分を見失うなよ？　それからもちろん、法に触れない方法を取れ」

ライの言葉に、私は目を大きく見開いて固まった。

お兄様達と同様、「忘れろ」って言われると思っていたのに……

彼は、忘れることは無理だと口にした。その上、応援するって。

まさか、背中を押されるなんて思ってもみなかった。

なんだか心がすっと軽くなっていくような気がする。

「……まぁ、俺がそんなアドバイスをする権利はないけどな」

ライが自嘲気味に笑えば、お兄様が複雑そうな表情を浮かべて、ライの肩を優しく叩いた。

どうやら、ライは何か重いものを抱えているようだ。過去に、何か深刻な出来事があったのかもしれない。あるいは、現在進行形だろうか。

「リムス王国が良い方向に向かうよう願っている。多くの民が苦しむ政治は、個人的に大嫌いだし」

「……あなたは悪政を変えましたからね」

「大変だったけどな。地獄のような日々だった」

——ライは、一体何者なんだろう？　悪政を変えたってことは、国の中枢に関わる人物だよね？

首を傾げながらライを見ていると、視線が交わり、彼がにっこりと微笑んだ。

「ティア達は、今日ファルマに宿泊するのか？」

「うん。これから宿探しよ」

「宿探しは諦めた方が良いかもしれない」

「何故？」

「……やっぱり知らなかったか。この時期は学会が開かれる期間中だから、王都の宿はどこもいっぱいなんだ。旅人は事前に予約をするか、王都の外に宿を取ることが多い」

「「え」」

私とお兄様は顔を見合わせた。

医療大国であるファルマには、医学や薬学を学ぶことができる王立学園がある。その他、研究施設も充実しており、医療従事者や研究者が他国からも多く訪れるそうだ。とはいえ大国ということもあり、王都にはたくさんの宿屋がある。普段なら簡単に宿を取れるはずだが、まさかいまが学会が開かれる期間だったなんて。

呆然とする私達に、ライはにっこり笑って言った。

「泊まるところがなければ、うちに来ると良い。カラスも静かなところで休ませたいし。部屋ならいっぱいあるぞ。荷物も、運ぶのを手伝うよ」

私達の荷物に、手を伸ばしてくるライ。次の瞬間、お兄様がライの腕にしがみついた。

「ちょっと待って！　なんで『そこの食堂まで行こうか？』くらいフランクに誘ってるの!?　ライの家って言ったら……」

「リスト、しばらく会っていないうちに性格が変わったか？　新しい一面を見たよ」

ライは目を見開きながら、お兄様を見つめている。

「ぼ、僕達、いまは貴族でもないから、ライの家にはとても泊まれないよ」

「気にする必要はないと思うが……なら、王都の屋敷はどうだ？　そっちなら泊まりやすいだろ。久しぶりにリストと話がしたい。それに、妹のことで相談に乗ってほしいんだ」

「メディ様の状況は変わらないのかい……？」

「あぁ。外や俺との接点を作るために、こうして時々町に出てメディへの差し入れを探しているんだ。本だったり花だったり」

「きっとメディ様にも、ライの気持ちは伝わっているよ」

お兄様とライの会話を聞きながら、私は『メディ様』という名前をどこかで聞いたことがあるなぁと考えていた。けれど、結局どこで聞いたのかは思い出すことができなかった。


ライの案内のもと宿泊先へ向かうべく、私達は王都のメイン通りを歩いていた。

医療大国ということで、通りにも医療に関わる施設が多い。難しそうな医学書や、医療器具の専門店も見られる。その他、生活雑貨の店や果物屋といったものも含め、様々な店が軒を並べていた。

怪我をしたカラスは、私の腕の中ですやすやと眠っている。呼吸も安定しているし、大丈夫そうだ。

「風に混じって、ハーブの香りがするなぁ」

お兄様の呟きに、ライが答える。

「ファルマは医療に関する店が多いからな。薬局も他国より多いし、ハーブや薬草の香りが風に乗っているんだろう」

「ハーブは、薬局で販売されているの？　ハーブ店ではなくて？」

思わず尋ねると、ライが丁寧に答えてくれる。

「ハーブ店でも薬局でも販売されていて、どちらでも店員が飲み合わせを考慮して調合してくれる。この国では生活の中でハーブに触れる機会が多いんだ」

「そうなの？　うちでは、料理に使ったりお茶にしたりするくらいだったかも」

「ハーブティー、たまに飲んでいたね。庭で季節の花を見ながらさ。楽しかったなぁ。さほど遠くない記憶のはずなのに、もう懐かしいよ」

「お兄様は、蜂蜜（はちみつ）がたっぷり入っているのがお好みでしたよね」

「ファルマでも、ハーブを料理に使うぞ。それだけじゃなく、薬としても各家庭に常備されているんだ。例えば、そうだなぁ……マリーゴールドは知っているか？」

「うん、知っているわ。可愛いお花だよね」

「マリーゴールドはうがい薬にもなるんだよ。他にも、色々なハーブで入浴剤を作ったり、傷の回復を促すオイルも作ったりするなぁ」

ライの話によると、石鹸などの生活雑貨から薬まで、様々な形でハーブを使っているみたい。

「じゃあ、ファルマでは普通の薬を使わないの？」

「ティアが言いたいのは、鉱物や植物から成分を抽出して作った薬のことか？　そっちも使うぞ。この国では、症状に合わせて細かく薬を使い分けるんだ」

「なるほど……そんなに身近だと、ハーブの消費量がすごく多そう」

「多いな。新薬の開発にも力を入れているから、世界中から様々な種類のハーブが集まる。もちろん、自国産のものも多く使用しているけどな」

「エタセルのハーブもある？　すごく高いよね」

「ああ。エタセルにしか生息しない、独自のハーブが多いから高級品なんだよな。ファルマのハーブ輸入に関わる予算のうち、三分の一がエタセルのハーブに割り当てられているよ」

「そんなにっ！」

町中だということを忘れ、つい大声を上げてしまった。

「薬の材料として絶対に必要なものだから、購入しなければならないんだ。それなりに財源があるから払えない額ではないけど、毎回値上がりしているのが痛いんだよな。近々、視察団を派遣したいんだが、エタセルは国としてまだ安定してないのが難点でさ。騎士団を大勢連れていくと、国家間の摩擦も生まれるし」

……視察団の派遣にも関わっているなんて、やっぱりライはただ者ではなさそう。

そんな話をしているうちに、私達は目的地へ到着した。

広々とした敷地に、豪奢（ごうしゃ）な建物が建っている。モンターレ伯爵家の三倍はありそう。

敷地の周りは大きな木々で囲まれていて、門扉から屋敷に向かって石畳が伸びている。

「ここがライの家？」

「家といえば家だな。でも、住んでいるのは別の場所だよ。ここには年に一、二回しか来ない」

もったいないと思ってしまったが、リムスでも家を複数所有している貴族がいたため、別に珍しいことではない。

「ファルマで困ったことがあったり、俺に用事があったりしたら城に来ると良い。大抵、城にいるから」

「城仕えなの？」

かった。

「城仕えというより君の場合は……」

お兄様が何かもごもご言っていたが、声が小さすぎて言葉を聞き取ることができなかった。

「そう、城仕え」


案内された部屋に荷物を置いたあと、私はライと共に温室にやってきた。

ちなみにお兄様は、ずっと読みたかったという希少本をライに借りたため、カラスを見守りながら部屋で読書中だ。

私とライがいる温室は、長方形の建物に三角屋根がついたもので、全面ガラス張り。

温室内には、色彩豊かな花や植物が咲き誇っていて、水の流れる涼しげな音も聞こえてくる。

太陽の光がたっぷり差し込み、とても暖かい。なんだか日向ぼっこをしている猫の気分。

眠気が襲ってきて、寝転がりたくなってしまう。

私は眠気を振り払うべく、首を左右に振った。

見たことのない植物がこんなにあるんだから、眠たくなっている場合ではない。

「すごいねー。温室に池があるなんて」

私は温室の中央に作られた池の前に立ち、中を覗き込む。

水中には流れがあるらしく、ゆらゆらと水面が動いている。その奥では、小さなレモンイエローの花を咲かせた水草がたゆたっていて、なんとも可愛らしい。他にも、水中から茎を伸ばしている、掌サイズの白い花もあった。

ああ、できることならここに泊まり込んで、隅々まで見て回りたい。

今回は無理だけど、また機会があったらお邪魔できないかな。

「植えられている植物は、全て薬になるものなんだ」

「え？　じゃあ、池に咲いている花も？」

「そう」

「ライって色々なことを知っているのね！」

「植物を植えたのは、俺と妹だからな」

「ライの妹さん……？」

そういえば、お兄様に妹さんのことを相談したいって言っていた。

「ティアと同じ年で、植物にすごく詳しいんだ。もう何年も顔を合わせていない。扉越しに声を聞くだけさ」

扉越しということは、部屋に引きこもっているのだろうか。

「……父のことを家族だと思ったことは一度もなかったし、唯一の肉親と言える母も幼い頃に亡くなって……俺が妹の親代わりだったんだ。守ってやらなければならなかったのに、妹の心が限界を迎えていることに、気付いてやれなかった。もっと早く気付いてやれていたら……あの頃は自分のことで精いっぱいで、常に余裕がなかったんだ。気を張らなければ自分が倒れてしまいそうな状況だったから……」

なんて切ない話だろうか。

妹さんが大好きだからこそ、彼は深く後悔している。

ライがいまにも泣き出しそうな表情をしたため、胸がぎゅっと締めつけられた。

腕を伸ばして彼の袖口を掴むと、彼は眉を下げて微笑を浮かべた。

ライの妹さんのこともライ本人のことも、詳しくは知らない。でも、私はライのせいじゃないと思う。まだ短時間しか一緒に過ごしていないけど、それだけは断言できる。

「ライのせいじゃないよ。私がライの妹さんならそう言うわ」

「昔、リストにも同じことを言われた。やっぱり兄妹だな」

「ちょっと嬉しいかも」

「ティア、ありがとう」

「お礼を言われるようなことはしてないよ。むしろ、こっちがお礼を言わなきゃならない方だもん。泊めてもらったり、カラスの怪我を治してもらったり、お世話になってばかりだから」

ライは屈み込み、池の中に手を浸して花を撫でる。

「……ティアが俺の弱音を聞いてくれて楽になったよ。ティアと一緒にいると、とても心が落ち着く。今日初めて話したのに、不思議だな。ティアが持っている雰囲気かな」

ライが少しでも楽になったなら嬉しい。私はそういう気持ちで彼を見つめる。

「俺は素になれることがほとんどないんだ。求められているのは、この花のように綺麗な部分だけ。水流に流されないように深く根づいている根っこの部分は、見せてはならない。完璧な形でいなければならない。俺が『ライ』という素の自分になれる相手も時間も、かなり希少で大切なんだ」

やっぱり、ライは相当身分が高い人なのだろう。加えて、国の要職に就いているのだと思う。

人の上に立つ以上、プレッシャーを受けたり、過度な期待に応えたりすることもある。きっと、背負うものも多いに違いない。

「あのね、ライ。話ならいつでも聞くよ。今回、私達はエタセルに行かなくちゃいけないから明日には発つけど……その件が少し片付いたら、またファルマに遊びに来たい。

それに、今日はまだ時間が残っているから、色々話をしようよ！」

しゃがんでいるライに言うと、ライはきょとんとした。それから彼はすぐに相好を崩し、クスクスと笑う。

「ありがとう、ティア」

彼は穏やかな笑みを浮かべてそっと腕を伸ばし、私の手を優しく掴んだのだった。


——翌日。私とお兄様はライの屋敷をあとにした。

ライは私達のために馬車を手配してくれたので、ありがたく使わせてもらう。そして五日を経て、ようやくエタセル国の王都ノーザンへ到着した。

王都の入り口で馬車を降り、町の風景を見ながらゆっくり城まで向かうことにする。

「コル、体調は大丈夫？」

「カァ！」

私の右肩には、ファルマで助けたカラスが乗っている。

傷が完治するまでライが預かってくれると言っていたのだけれど、私に懐いてしまったようで一緒に旅をすることに。ずっとカラスと呼ぶのは寂しいので、コルと名づけた。

王都のノーザンは、二年前にあった独立戦争の影を感じさせない、自然豊かで穏やかな町並みだった。馬車が行き交う通りはきちんと舗装されていて、その脇には店や民家が立ち並んでいる。

けれど、ちょっと気になったことがあって、人々のまとっている雰囲気が暗いというか、疲れているように見える。

町並みは綺麗なのに……なんだか寂しい町って感じがするわ。

「お兄様」

「あぁ」

お兄様も私と同じように感じているのか、どこか硬い声で頷く。

二人で歩いていると、視界の端に一軒の店が映った。

店先に並べられているのは、野菜や香草類。その中に、見覚えのある葉が並んでいることに気が付いた。

「あ、あれはもしかして！」

「えっ、ちょっと待ってティア！」

裏返った声を上げて立ち止まったお兄様を置いて、私はその店に駆けていく。

「やっぱりそうだわ」

それは、細かくて白い毛に覆（おお）われている、乾燥した葉。

ファルマの魔法具店にあった、クラフト女王の呪いに使用するコニックの葉だ。

東大陸では、全ての国で共通の通貨を使用している。国によって物価は変わるけれど、使われる通貨は同じだ。

「値段のケタが違うわ……」

ファルマでは八百ギルだったのに、エタセルでは五十ザールだなんて値段が違いすぎる。一ギルは千ザールだから、五十ザールなんて子供のお小遣い程度の金額だ。安い。安すぎる。これなら気軽に買えるじゃない！

やっぱり仲介業者が安く買い叩いて、他国での売値を吊り上げているのだろう。

「いらっしゃい。お嬢ちゃん、珍しい髪の色をしているね。西大陸から来たのかい？」

エプロンを身に着けたおじさんが、微笑みながら私の傍へとやってきた。

「祖父母が西大陸の人間なんです。私は東大陸のリムス王国出身です。あの……ちょっと伺いたいのですが、このコニックの葉は、どこでもこのくらいの値段ですか？」

「コニックはこのへんでよく取れるし、どこも似たようなものだなぁ。軽い傷なんかにも効くから、みんな常備薬として持ち歩いてるよ」

おじさんはコニックの葉を手に取り、目の前に掲げながら言う。

ファルマの魔法具店では、希少なものだって聞いたのに。

仲介業者が価格を引き上げるために、嘘をついているのかもしれない。本当に腹が立つ。

私が思わず苛々していると、おじさんはにこやかに続けた。

「ちなみに料理にも使うから、結構消費するんだよ」

「え、料理？　呪い専用ではないんですか？」

「え、呪い？」

おじさんと私は、目を見合わせたまま固まる。

お互い戸惑っていると、お兄様がすぐ傍にやってきた。お兄様は、おじさんが手にしているコニックの葉に視線を向ける。

「コニックだね」

「そうです。こちらではよく取れるそうですわ。運送費や人件費などを考慮しても、明らかに値段の差があります。やはり仲介業者が取りすぎているのですわ。ファルマでは八百ギルなのに、エタセルではたった五十ザールだなんて！　良心が痛まないのでしょうか」

「痛む良心なんてないんだろうね。どんどん値上がりしているようだし」

お兄様が眉間に皺を寄せ、深い溜息をこぼす。店のおじさんは、驚いたように声を上げた。

「お嬢ちゃん達、ちょっと待ってくれ。八百ギルって本当かい？　お金の単位間違えてない？」

「いいえ、合っています。ファルマの魔法具店ではコニックを使った呪い用のグッズが千八十ギルで販売されていました。その値段のうち、八百ギルがコニック代だと。国ごとに物価が違うとはいえ、それでも搾取しすぎで――」

その時、ドサリと何かが地面に落ちる音がした。

振り返ってみると、二十代くらいの女性が真っ青な顔をして立っている。女性は、三歳くらいの男の子と手を繋いでいた。

男の子が「ママ？」と心配そうな表情を浮かべるが、女性は固まったままだ。

彼女達の足元には籠が落ちていて、その周りに野菜が散らばっている。

「大丈夫ですか？」

私は女性の傍に駆け寄り、野菜を拾って籠に入れていく。そして籠を女性に差し出すと、彼女はハッとしたような表情を浮かべ、私の両肩を掴んだ。

その力は思いのほか強く、彼女の手が私の肩にぐっと食い込む。

思わず顔を歪ませると、すぐにお兄様がやってきて、女性の腕をやんわりと掴んだ。

彼女は状況を理解したらしく、瞳を潤ませながら「ごめんなさい」と頭を下げる。

「ティア、大丈夫か」

「えぇ、問題ありませんわ。それより……」

女性に視線を向けると、彼女は顔を両手で覆い、泣き出してしまう。

彼女が泣いている理由がわからず、戸惑うばかりだ。

「……いまの会話を聞いてしまったのだろう。彼女の夫は、ハーブの生産者の一人なんだ」

眉を下げながらやってきたおじさんの言葉に、私は納得した。

店での売り値が五十ザールならば、仕入れ値はもっと安いはず。

そうして仕入れたコニックを、他国では恐ろしいくらいの額で売りさばいているのだ。

――仲介業者はボロ儲けってレベルじゃなくて、一生働かなくても良いくらい儲けているんじゃない？　天罰が下ればいいのに。

女性の様子を見ると、生活がギリギリなのかもしれない。

――エタセルのハーブ売買の問題に関して、私にできることをしたい。

とにかく、まずは話を聞いてみないと！

私は彼女を落ち着かせるように、肩をとんとんと優しく叩く。

「突然すみません。私、ティアナ・モンターレと申します。少しお話を伺いたいのですがよろしいでしょうか？」

私の申し出に、女性は泣いていた顔を上げて、きょとんとした表情を浮かべた。

「話……？」

「はい。ハーブの仲介業者に関する話を中心に、色々教えていただきたいんです。私達はエタセルに着いたばかりなので、わからないことも多いんですが……できる限りお手伝いいたします」

「どうしてあなた達が……」

「私とお兄様は、エタセルのみなさんのお手伝いができればと思って、リムス王国からやってきたんです」

エタセルの国王は、ハーブ流通の現状を把握しているだろうか。まだわからないけれど、知っていても思うように動けない理由があるのかもしれない。戦後の復興で、まだまだやることも多いだろうし。

「お兄様。先に城へ向かってくださいませんか？　私は、この方からお話を伺いたいので」

「いや、付き合うよ。可愛い妹が心配だからね」

お兄様は私に手を伸ばすと、髪を梳くように頭を撫でてくれた。

「お兄様。お気持ちは嬉しいのですが、まずはエタセルの国王陛下にご挨拶をお願いします。私も必ずあとで伺いますので」

「一人で大丈夫かい？」

「ええ、もちろん。悪党をのさばらせるわけにはまいりませんもの。仲介業者をエタセルのハーブ流通に二度と介入させない方法を考えて、絶対に叩き潰しますわ。地獄の業火（ごうか）に焼かれればいいのよ！」

「……見知らぬ土地に一人では心細いだろうと思ったが、そんな心配は微塵（みじん）もいらないようで安心したよ。陛下にはこの件を伝えておく」

「ありがとうございます」

王城へ向かうお兄様を見送り、私は女性の方へ向き直る。

「お名前をお伺いしても？」

「私はコニスです。一緒にいるこの子は、息子のアモル」

「コニスさん。私をハーブの生産者の方達のもとへ案内してくれますか？　この問題を解決するためにお手伝いがしたいんです」

私の言葉に彼女は動揺した様子だったが、やがて大きく頷いた。

「こちらです」

コニスさんに促（うなが）され、私は彼女のあとに続く。その時、アモル君が「お姉ちゃん」と手を伸ばしてきた。私はその手を取り、彼と手を繋いで歩くことにした。

十五分くらい歩いた先にあったのは、煉瓦を積み重ねて作った建物だった。建物の入り口は、私の背丈の倍はありそうな両開きの扉となっている。扉は大きく開かれていて、中の様子を窺うことができた。

どうやらハーブを保管するための倉庫らしく、ご年配の方から若い方まで多くの男性が働いていた。花を木箱に詰める人、植物の茎から葉を摘む人――収穫したハーブを集め、出荷の準備をしているのだろう。みんな黙々と作業を進めている。

倉庫の中から、華やかな香りが漂ってきた。とても濃厚で、薔薇の香りによく似ている。とその時、アモル君が「パパだー！」と大声で叫んだ。元気に飛び跳ねる彼の動きに合わせて、彼の細い髪がさらさらと揺れる。その可愛らしい姿に、思わず私は頬を緩めた。

アモル君の視線の先に立っていたのは、無精ひげを生やした一人の男性。たくさんの植物を手にしていて、こちらを見て大きく目を見開いている。

「どうした、アモル。ここに来るなんて珍しいじゃないか。もしかして、何かあったのか？」

「お姉ちゃんがパパ達とお話ししたいんだってー」

アモル君のお父さんと視線が合い、私は会釈をする。

「初めまして。ティアナ・モンターレと申します。先ほど町でコニスさんとアモル君にお会いしました。ハーブの売買についてお話を伺いたいのです。主に仲介業者に関して──」

私の言葉に、アモル君のお父さんは顔を強張らせた。それから倉庫の中に向かって、大声で叫ぶ。

「おい、みんな！　集まってくれ。このお嬢ちゃんが俺達に話があるんだとよ」

次の瞬間、人々の視線が一斉にこちらへ向いた。彼らは怪訝そうな表情を浮かべながらも私の傍に集まってくれる。

「お仕事中に申し訳ありません、ティアナ・モンターレと申します。先ほどエタセルに着きました。本日より、しばらくこの国に滞在させていただきます」

「引っ越しの挨拶に来たのか？」

「いいえ。少々伺いたいことがありまして……主にハーブの仲介業者に関してです。みなさんが扱っているハーブですが……仲介業者に安く買い叩かれているのではないかと思いまして。詳しくお話を伺えないでしょうか」

「……そんなことを聞いてどうするんだよ」

「まさか可愛いお嬢ちゃんがなんとかしてくれるって言うのか」

うーん。想定の範囲内ではあったけれど、やっぱり私みたいな小娘の言うことはそうそう聞けないよね。

作業を手伝ったり世間話をしたりしながら信頼関係を築いていきたいところだけど、そんな時間はないしなぁ。

まぁ、やるしかないか！

私が次の言葉を考えていると、コニスさんが助け船を出してくれた。

「ティアナ様はお兄様と一緒に、リムス王国からエタセルのために来てくださったの。彼女とは町で偶然お会いしてね。ファルマでは、コニックの葉が八百ギルで販売されているそうよ」

「……はぁ？」

現実味がないのか、全員ぽかんと口を開けている。

「いやいや、それは違うコニックじゃないのか？　そんなに高値で売れるなら、俺達全員金持ちになってるはずだぞ」

「だよなー。コニックなんて、エタセルで一番生産量が多いハーブだぜ」

「俺らが普段の料理に使ってる代物が八百ギルなわけねーって。ハーブ違いだ」

あちらこちらから上がる声に、改めてコニックが身近なハーブなのだと感じた。同時に、仲介業者への苛立ちも強くなる。

「ファルマで売られていた呪いグッズは、販売価格が千八十ギルでした。このうち、コニックの葉の代金が八百ギル。高価すぎて、気軽に呪うこともできません。その上、ファルマではコニックの希少価値が高く、限られた店でしか購入できないんです」

魔法具店の店員さん！　コニック、エタセルに来たらめっちゃ手に入りますよ！　と伝えたい。

「ほぼコニック代かよっ！　というか、お嬢ちゃん。まさか呪いたいやつがいるのかっ⁉」

「いますが、それは一旦置いといてください。それで、やはり仲介業者が……？」

「あぁ、そうだよ。ローリアンの支配時代から、俺達は自由にハーブの売買ができないんだ。やっと独立して自由になれたと思ったのに、状況は変わらない。むしろローリアンっていう親玉がいなくなったからか、仲介業者が急に横暴になってさ。以前よりも安い値でしか買い取ってくれなくなっちまったんだよ……俺達は国の外に行くことはなかなかできないし、この国はまだ諸外国との繋がりが薄い。外の情報がほとんど入ってこないんだ。ファルマではコニックがそんなに高価だなんて知らなかったよ」

「そうだったんですね」

私は深く溜息を吐き出す。

想像通り、絵に描いたような悪党達だ。

エタセルの人々が味わった苦しみを……いや、それ以上の苦しみを味わわせてやりたい。

「業者を介さず売買できるに越したことはないのですが、難しい状況ですか？」

「ローリアンの支配下では監視が厳しくて無理だったが、独立してからは挑戦したことがある。仲介業者は毎日来るわけじゃないからな。だから隙を見て自分達で卸し先を探したんだが、直前で先方から取引を中止したいと言われちまって……そういうことが何度も続いたんだ」

おそらく、仲介業者が何かしらの圧力をかけているのだろう。つまり、それなりに力を持っているということ。

ならば、その仲介業者よりもさらに力を持つ相手を探して、売買すれば良い。

その時、ふとライの顔が浮かぶ。

そういえば、ファルマではハーブの輸入にあてられる予算の三分の一がエタセルのハーブに割り当てられていると言っていた。

ハーブの値が下がれば、ファルマにもメリットがある。ライを経由して、ファルマの国王陛下に話を持ちかけられないだろうか。

「成功するかどうかはわかりませんが……仲介業者の圧力が通用しない相手と、直接取引をしてみませんか？」

「簡単に言うけどさ……」

困惑気味な表情を浮かべる者から呆れている者まで、反応は様々だ。

「取引相手に、心当たりがあります。薬の中には植物由来のものもあるでしょう？　医療用ハーブを数多く輸入している国――ファルマへ売りましょう。大国が相手となると、仲介業者の圧力も通じないでしょうし」

私の言葉に、男性達はパッと顔を輝かせた。

「なるほど！　それならいけるかもしれない」

「次にハーブの仲介業者が訪れる日はいつですか？」

「十日後には来るはずだ。だが、こっちに女を囲っているらしくてな。気分によっては、もっと早く来ちまう時があってさ。準備できてないと、やれ値をもっと下げるだなんだって騒ぎ始めて、迷惑なんだよな」

なんと適当な仕事ぶり。

十日後なら、馬を飛ばせば、ファルマまで行ってギリギリ戻ってこられるだろう。しかし、仲介業者が早めに来てしまったら間に合わない。

――考えても仕方ないわよね。いまから急いでハーブ取引に関する書類を作成して、明日の早朝、馬を借りて出立するしかない。

ごめんなさい、お兄様。エタセルの国王陛下に挨拶（あいさつ）するって言ったけど、しばらく無理かもしれません。ひとまず、お城に急ぎの手紙を送っておこう。

「……私、明日の早朝にファルマへ向かって、協力していただけるか伺ってきます。時間が足りない可能性もありますが……まずはできることから始めましょう」

「……俺達は、この生活から抜け出せるのか？」

「断言はできませんが、私は全力でお手伝いいたします。みなさん、健やかに生きる権利を勝ち取りましょう」

私が微笑むと、みんなはそれぞれ頷き合い、力強い光を瞳に灯していく。

「この件を仲介業者に知られるわけにはまいりません。ですから、内密にお願いします。それから、エタセルで取れるハーブをどのように使用しているか教えてください。これからファルマへ提出する書類を作りたいと思っておりまして」

「わかった。俺達も手伝おう」

「なぁ、実物のハーブがあった方がわかりやすいよな」

「そうだな。準備するか」

みんなは、バタバタと慌ただしく動き出す。私は彼らを見つめながら、改めて気合いを入れた。

窓の外はすっかり黒く塗り潰され、欠けた月が優しくこちらを見守っている。

日中にはたくさんのハーブが載せられていたテーブルだが、いまはたくさんの書類が散らばっていた。

——どうか、ライと上手く再会できますように。

私は手元にある書類を確認しながら願う。

城仕えをしているライにすぐ会うことができれば、事情も説明しやすいし、陛下に繋いでもらえる可能性も高い。

けれど彼と会えなければ、私はファルマの城内に入ることすらできないだろう。

「おーい、みんな。一旦、休憩しよう。お茶を淹れたぞ」

そんな声と共に、アモル君のお父さん達がお盆にカップを載せてやってきた。やかんを手にしている人の姿もある。

ちなみにアモル君のお父さんは、ゴアさんというそうだ。

「どうぞ、ティアナ様」

「ありがとうございます」

書類をテーブルに置いてカップを受け取ると、柑橘系の香りがふわりと漂ってきた。

疲れた心がほっと安らぐ。

「いい匂いです。レモンですか?」

「いや、レモングラスっていうハーブだ。疲労回復などの効果があるといわれている。他にもローズヒップなどいろんなハーブをブレンドしている」

ふぅっと息を吐いてハーブティーを冷まし、カップをゆっくり傾ける。

爽やかな香りが鼻腔をくすぐり、口の中にはさっぱりした味が広がった。

「……おいしい」

酸味だけでなく、ほんのりと甘味も感じる。蜂蜜でも入っているのだろうか。

「そうか、そりゃあ良かった」

ゴアさんは屈託なく笑った。

「そういえば、私……まだ国王陛下にご挨拶をしてないのですが、もともとこの地の傭兵だったと伺いました。みなさん、ご存じなのでしょうか? どういった方か知りたいのです」

「あぁ、レイガルドは――」

ゴアさんはそこで言葉を切り、首を左右に振った。

「いや、もう国王様になられた方だもんな。レイガルド様と妹君のルナ様とは、みんな顔なじみだ。ローリアンの支配下に置かれていた時、何度かクーデターを起こして戦おうとしたやつらがいた。その中にレイガルド様達の両親もいたんだが……クーデターを起こす前に見つかって、殺されてしまった。その後、レイガルド様達は、シグノの家に引き取られたんだ」

「シグノ様、ですか？」

「あぁ。シグノの実家は、猫のしっぽ亭っていう飯屋をやってるんだ。それからレイガルド様とシグノは、この国にいても稼げないから異国へ渡ったと聞いていた。しかし傭兵となって暮らしながら、好機を探っていたらしい。レイガルド様とシグノが中心になって仲間を集め、この国に戻ってくると独立戦争を起こしてくれた。二人のおかげで俺達は自由になれたんだ。いま、シグノは王宮の騎士団長を務めていて、レイガルド様をずっと支えてる」

「……いまより悲惨だったよな、戦争前の俺達の生活は」

休憩していた一人の青年が、ぽつりと呟く。

「あぁ、本当に最悪だった。全てローリアンに管理されていて、自由なんて一つもなかった」

「だよな。俺達が持っていた農具も使用禁止にして、ローリアンから貸し出される有料のものを使えって言って。いつも見張りがいたし、やつらの機嫌が悪い時には容赦なく殴られた」

私は目を大きく見開き、彼らを見た。

まさかそこまでひどい状況だったなんて。

「レイガルド様には、無理をさせていると思う。傭兵から国王に祭り上げられたんだ。そもそもこの国にいた貴族だって、良いやつばかりじゃない。俺達のことを考えてくれるような貴族は、ほんのわずかだ。そんな中、レイガルド様は親父さん達が思い描いていた国を作るために、必死で働いてくれている。レイガルド様達には、みんな感謝しかないんだ」

「責任感溢(あふ)れる方なんですね、レイガルド様は」

みんなに慕(した)われ、国のために働いているなんて、すばらしい方だと思う。

ただ一つ気になるのは、無理をしすぎて倒れてしまわないかということ。

――お父様は、そのことも心配していたのかもしれない。

私にできることは限られているけれど、改めてエタセルのために頑張ろうと心に決めた時だった。大きな両開きの扉がノックされる。

「おい。こんな時間に誰だよ？」

「……仲介業者か？」

「いや、あいつらならノックなんてするわけないだろ」

みんな首を傾げて扉を見つめていたが、やがて頭に布を巻いた青年が扉の方へ向かい、鍵を外して扉を開ける。

そこに立っていたのは、三人の男性だった。そのうちの一人は、私が良く知る人物だ。

「お兄様！」

「ティア」

お兄様は、私と目が合うと優しく微笑んだ。お兄様の顔を見て、妙にほっとしてしまう。

「お兄様。それはパン？」

私の視線は、お兄様の手元の籠(かご)に釘づけになる。お兄様は、ふっくらとした丸いパンがたくさん入った籠(かご)を持っていた。

「あの……後ろの二人はどなたですか？」

お兄様の背後には、たくさんのスープ皿とスプーンの載ったトレイを手にしている青年と、大きな鍋を持つ青年の姿がある。

二人とも背が高く、衣服の上からでもわかるくらい鍛(きた)え上げられた体をしている。

トレイを手にしているのは、精悍(せいかん)な顔立ちに、茶色の優しげな瞳を持つ青年。真紅の長髪を高い位置で結い、騎士服にも似た格調高い衣服を身にまとっている。腰には大きな剣を携えているけれど、ただの騎士ではない気がする。

鍋を手にしているのは、枯れ葉色の短髪に、焦げ茶色の瞳を持つ男性。騎士らしい衣服を着ていて、鋭い視線をこちらに向けている。

「シグノ！　それにレイガルド様も」

ゴアさんの声に、私は目を大きく見開く。

どうやら、真紅の髪を持つ青年がレイガルド様で、枯れ葉色の髪を持つ青年がシグノ様のようだ。

——っていうか、あのスープ皿持っている方が陛下なの⁉

まさかの事態に、思わず二度見をしてしまう。

「夕食持ってきたぞー。うちで作った具だくさんのあったかスープだ。ミーおばさんのところの焼きたてパンもあるぞ！」

鍋を持った青年——シグノ様が叫ぶように言うと、周りの人々が歓声を上げた。

どうやらお兄様は、レイガルド様とシグノ様を連れて、夕食を運んできたみたい。

「おー、シグノ！　助かるよ。ちょうど腹が減ったところだったんだ」

「猫のしっぽ亭の料理は絶品だからなぁ」

おいしそうな匂いが漂い、疲労の色が濃かったみんなの表情が生き生きと輝く。

彼らはレイガルド様とシグノ様の傍へ駆け寄り、鍋とトレイを受け取ってさっそく準備を始めた。

「ティア。お疲れ様」

「お兄様、助かりました。私、夕食のことをすっかり忘れていましたわ」

「ティアのことだから、そうじゃないかと思っていたよ。手紙を読む限り、かなり急いでいたようだったからね」

お城にいるお兄様にあてて書いた手紙は、町の人が無事届けてくれたみたい。

「それにしても、驚きましたわ。まさか陛下直々に食事を運んでくださるなんて」

私は、人々に囲まれているレイガルド様に目を向けた。

「僕も、陛下が食事を運ぶのを手伝ってくれるなんて思いもしなかったよ。でも、レイガルド様が自ら申し出てくれたんだ。みんなが頑張っているから、自分も何か手伝えることがあれば力になりたいと」

さすが民に慕われている国王陛下。

「リムスで我儘放題しているルルディィナ様達に、爪の垢を煎じて飲ませたいですね」

もともと庶民であったレイガルド様は、みなさんとの距離感がとても近いように感じられる。

いまは政治の分野で苦労されているみたいだけど、この方は、きっと民のための政治をしてくれるだろう。私としては民に近い国王陛下の方が良いと思う。リムスの現状を見ているからなおさらね。

レイガルド様に、一人の男性が近づいて口を開く。年齢は、私のお父様くらいだろうか。

「レイガルド様もお忙しいのに、わざわざ申し訳ない」

彼の言葉に、レイガルド様は大きく首を左右に振った。

「いいえ、今回の件は俺の力不足のせいですから、謝るのはこちらの方です。それに、昔から世話になっている身。いままで通り、レイガルドと呼んでください」

「そんな！　レイガルド様はもう王様だから、さすがに昔みたいにはいきませんよ」

男性のやんわりとした拒絶に対し、レイガルド様は悲しげな表情を浮かべた。

――もしかして、一国の王として扱われるのが苦手なのかしら？

じっと探るようにレイガルド様を見ていると、ばっちり視線が絡んでしまう。

彼は穏やかに微笑み、こちらにやってきた。

「初めまして、ティアナ様。リストに聞きました。仲介業者の件はつい最近知り、俺も頭を悩ませていたのですが、心苦しいことに国としての基盤がまだできていないこともあり、すぐに動くことができなかったんです。到着早々、この国のために力を貸してくださって感謝いたします」

　私に深々と頭を下げるレイガルド様。

　一国の王が一庶民に対してそんな態度を取るなんて！

　私は目を大きく見開き、慌てて制止する。

「いいえ、陛下。私が勝手にやっているだけです。ですから、どうか頭を上げてください」

「これ以上、ハーブの買い取り価格が下がると暮らしていけないから、なんとかしてほしいという嘆願書は届いていたんだ。だが、俺にはどうすることも……ティアナ様、本当にありがとうございます」

　レイガルド様は唇を噛みしめる。

　国内の現状を把握していたのに、なかなか動けないのは心苦しいよね。

「私のことはティアとお呼びください。兄や友人達には、ティアという愛称で呼ばれているんです。もう貴族ではなくなってしまいましたし、人生を一から始めるつもりですので」

「わかりました。では、俺のこともレイと――」

いやいや、そんなの恐れ多くて絶対に無理！

私が焦っていると、急に影が差して頭上から荒っぽい台詞が聞こえてきた。

「へー。こいつがリストの妹なのか」

「え？」

顔を上げると、そこにはシグノ様の姿がある。

「シグノ！　ティアに失礼だろ。申し訳ありません、ティア」

「いいえ、お気になさらずに。陛下もどうか、シグノ様のような口調で」

「様づけすんなって、堅苦しい。シグノでいい。それから、こいつのことはレイでいい」

「こいつって……」

国王陛下をこいつ呼ばわりなの!?

思わず顔を引き攣らせてしまった。

あっ、でも幼馴染であり家族のような間柄だって聞いたかも。だから、別に良いのか。

そんなことを考えていると、シグノ様が口を開く。

「ティアは俺の妹と同じ年だって聞いたぞ？　丁寧に扱われるとムズムズするんだよ」

「……では、シグノとレイとお呼びしてもよろしいでしょうか？」

「敬語もいらねー。なぁ、レイ」

「あぁ」

そんなの無理！　と叫びたかったが、ぐっと呑み込む。

「それより、お前も夕食、食えよ。親父とお袋が作った料理はすっげぇ旨いぞ」

シグノがスープとパンの載ったトレイを差し出してくれる。

お礼を言って受け取ると、濃厚なクリームスープの香りがふわりと漂った。

匂いだけでおいしいって断言できる。

――パンも焼き立てって言ってたっけ。

テーブルにトレイを置き、さっそくスプーンを手に取った。

「お兄様達は、食事を済ませてきたのですか？」

「あぁ、大丈夫だよ。だから、ティアが食べて」

それでは、お言葉に甘えて食べることにしましょう。

スープには、ひよこ豆やキノコ、ジャガイモが入っている。具がたっぷりのスープは、疲れた体に染みわたりそうだ。

スプーンですくい、ふうふうと冷まして口内に運ぶ。ほくほくとした具材にクリーミーなスープが良く合っている。まさに絶品だ。毎日でも食べたいって思うくらいに。

「おいしい。シグノのお父様とお母様が作ったのよね？　私、お店の常連になるわ」

「通うって言ったって……お前もリストと同じように城で暮らすんじゃないのか？　まさか、元貴族令嬢が一人暮らしをするなんて言い出さないよな。無謀だぞ」

「あー……」

実は、最初はお城にお世話になって、落ち着いたら一人暮らしをしたいと思っていた。この機会に、自立したかったのよね。

町にいた方が色々と動けるだろうし、みんなの生活を直接見ることができる。

ハーブの件が解決したあとで、お兄様に相談できないかしら。

そんなことを考えていたら、お兄様から声をかけられた。

「ティア、いつファルマへ？　僕も一緒に行くよ」

「いえ、お兄様にご迷惑をおかけするわけには……私、一人で問題ありませんわ。コルもいますし」

私は倉庫の奥に積まれた木箱の山に顔を向ける。そこには、みんなに夕食をもらっているコルの姿があった。

元気になって良かった。ライに、コルが元気になったって早く知らせたいなぁ。

「まさか、一人で行くつもりかいっ!?　絶対に駄目だ。可愛い妹を一人で向かわせるなんて」

「ティア、俺も反対だ」

レイからもそう言われて、私は困ってしまう。

「そうだ。シグノ、ティアの護衛を頼めるか？」

「わかった」

レイの提案にシグノが頷く。そこまでお世話になるわけにも……と思うが、二人は大丈夫だと言うように力強く首を縦に振った。

うーん、それならお言葉に甘えてしまおうかな。

一方のお兄様からは、「えっ！」という声が漏れる。

「ちょっと待ってくれ。年頃の男女が二人旅なんて危険だ！」

「いや、別になんもないって」

「そうですわ、お兄様」

「俺の好みは色気がある女だし」

「好みと違う子が気になることだってあるだろう？　それに、僕の妹は魅力的だよ」

お兄様の発言は、身内フィルターがかかっているせいだろう。

「俺もリストに同意するな。確かにティアは魅力的な女性だよ。エタセルのために、力を貸してくれているのだから。優しさと可愛さを兼ね備えている」

私に向かって微笑むレイを見て、急速に体が熱くなる。

まさか面と向かってそんなに褒められるなんて！

きっとレイは、女性のハートを無意識に奪っていくタイプだなぁと思ったのだった。


翌朝、私はレイの駿馬をお借りして、騎士団長のシグノと共にファルマへ向かった。

お兄様は納得していない様子だったけれど、それに付き合っている時間はない。

そうそう、もちろんコルも一緒だ。

貴族令嬢の嗜みとして、幼い頃から乗馬を習っていて良かったなぁと馬を走らせつつしみじみ思う。

途中、何度も休憩を挟みながら馬を走らせていたが、やはり馬車より断然速い。思っていたよりも一日早くファルマに着くことができた。

城に続く大通りを馬に乗ったまま移動する。相変わらず活気溢れる町並みだ。

「ファルマには初めて来たが、かなり広いんだな」

隣にいるシグノは、周囲を観察するように眺めている。

「私も最初に訪れた時は驚いたの。観光する場所もたくさんあって、一日ではとても回りきれないそうよ。まぁ、今回は観光する余裕なんて全くな……ん？」

私は途中で言葉を切り、馬を止める。シグノも、馬を止めてこちらを窺（うかが）った。

「どうした？」

「視線を感じない？　色々なところから」

「……まさか、仲介業者に勘づかれたとか？」

「わからない。でも、誰かに見られている気がするのよね」

その時、ある方向からより強い視線を感じた。私はその方向に勢いよく顔を向ける。

すると、そこには可愛らしい猫の姿があった。お店の入り口の前に座り、目を細めて「にゃ〜」と鳴き声を上げる。

「……ただの猫じゃないか。道中の疲れが出て、神経質になっているんだろ」

「そうなのかなぁ」

確かに、かなりの速度で馬を飛ばしてきた。体と心が疲れて、感覚が敏感になっているのかも。

私達はそのまま大通りを進んでいって跳ね橋を渡り、城門の前までやってきた。

さて、問題はここからだ。

煉瓦（れんが）が高く積まれた重厚な門の前には、二人の騎士が立っている。

彼らに説明すれば、ライを捜してきてくれるかしら？

登城の許可証や書状を持って並ぶ人達の後ろにつき、順番が来るのを待つ。

やがて、私達の番がやってきた。

「すみません、ライという男性にお会いしたいのですが……城仕えをしているから、何かあればここに訪ねてくるよう彼に言われているんです」

「ライ……？　誰だろう。俺も城仕えを全員把握しているわけではないから、わからないなぁ。役職は？」

「……役職などは、わからないんです」

「それだと、ちょっと難しいな。でっかい城だから、下働きから重職までたくさんいるんだ。特徴とかないか？　一応、聞いてみてやるぞ」

困惑した表情を浮かべる騎士達にどう説明しようか悩んでいると、背後から「ティアナ様ですか？」という声が聞こえてきた。振り返るが、誰もいない。

「あれ？」

「こっちです。こっち」

「えっと……」

声のした場所はもっと下——私はゆっくり視線を下げると目を大きく見開いた。

——ね、猫の執事さんっ!?

そこにいたのは、執事服をまとった黒猫だった。ふわふわした毛並みはめちゃめちゃ手触りが良さそう。すごく触りたい。可愛い！

「お初にお目にかかります。僕は王立製薬研究所の所長、リーフデ様の使い魔で、アールと申します。主（あるじ）がライナ……いえ、ライ様の友人なんですよ。ティアナ様のことは、ライ様から伺っています」

「ライのお友達の使い魔さん……」

「ええ。つい先ほど、ファルマでティアナ様を見たって猫の友人達から聞きました」

猫の友人達……ということは、町中で感じた視線は全部猫だったってこと？

驚く私に、アールは続ける。

「城へ向かっているようだとも聞いたので、追いかけてきたんです。やっぱり、ライ様に会いに来られたのですね。ただ、ライ様は現在、王都にはいらっしゃいません。北の地方を一週間ほどかけて視察中なんです」

そんな！　それはすごく困る。

「あの……ライの視察先は遠いのでしょうか？　すぐにでも会いたいんです」

「お急ぎの案件ですか」

アールはふわふわの手を顎（あご）に添え、ふむと呟く。ピンクの肉球が可愛らしい。

——事情を話してみようかしら？　そうすれば、何か良い案を出してくれるかもしれない。

私は今回の事情をアールに説明した。すると彼は、ぱあっと顔を輝かせる。

「本当ですか⁉　ハーブ輸入に関わる予算が浮いたら、その分、研究予算が増える可能性も高いです！　主が喜びますよ！　ちょっと待っていてくださいね」

アールは、澄んだ目をそっと閉じ、何かを呟く。すると足元に青い魔法陣が現れた。続いてその隣に、模様の違う魔法陣も浮かび上がる。その陣の中から白っぽい光が溢れ出し、ゆっくりと人の姿を形成していった。

やがて光は弾け飛び、深緑色の髪を持つ青年が現れる。その髪は、左右にぴょんぴょんとはねていた。

「アール、大丈夫かい⁉」

青年は青ざめながら、しゃがみ込んでアールと視線を合わせる。一方のアールは、「主！」と叫んで飛びついた。

「無事だね。どうしたんだい？　緊急召喚魔法を使われたからびっくりしたよ」

「あのですね、主を悩ませていたエタセル産のハーブの件で吉報が。ティアナ様が主の願いを叶えてくださいます」

「え、待って。アールが言っているティアナ様って……モンターレ元伯爵の娘のティアナ嬢？」

「はい、そうです」

「もしかして……ん？」

彼は、ようやく私達の存在に気が付いたらしい。こちらを振り返って、明るい表情を浮かべる。

「ティアナ嬢じゃないですか。相変わらず可愛らしいお方だ。いやいや、あの方も隅に置けないなぁ。ティアナ嬢のような可憐な女性が会いに来るなんて、羨ましい。今度、僕にも是非会いに来てくださいね？」

「あの……どちら様でしょうか」

「リーフデと申します。一度、リムスの夜会でお見かけしたことがあるんですよ。以後、お見知りおきを」

手を取られてじっと見つめられ、困惑してしまう。

「主、ライ様に怒られますよ」

「ライ様？　アール、あの方のことそんな呼び方していたっけ？」

「ティアナ様は、ご存じないようなんです。ライ様の正体」

「え、言ってないの？」

アールとリーフデ様は何やら話しているが、よくわからないため私は首を傾げる。アールは、パンッとももふもふの手を叩き、リーフデ様に告げる。

「それより、緊急の議会を開いてください。権限、一応持っていますよね、主。ティアナ様が、エタセル産のハーブについての吉報を届けてくださったんです。仲介業者を介さず直接取引をしないかって。実現すると、研究費が増えるかも！　議会で早く承認を！」

「本当かい!?」

リーフデ様は目を輝かせ、私の体をぐっと引き寄せて抱きしめてくる。

私は思わずびくりと体を震わせた。

「これで高い輸入費から解放されて、研究費も増額っ！　ありがとう、ティアナ嬢。君はファルマの光となるよ。君の功績を称えた銅像を作るから、是非プレゼントさせてくれ！」

リーフデ様の弾んだ声を聞き、私はほっと胸を撫で下ろす。彼のこの様子だと、上手くいきそうだ。

とはいえ、なるべく早く契約したい。ライとは連絡が取れるのだろうか。

「実は契約をしてすぐにエタセルに戻らなければならないんです。なるべく早くファルマ側と交渉をしたいんですが、ライがいま不在のようで……もともと、国王陛下にはライから取り次いでもらえないかと思っていたんです」

「問題ないよ。転移魔法で僕が連れてくるからね！」

その言葉に、私は目を丸くする。一瞬で目的地まで移動することができる転移魔法は、かなりの魔力を必要とする。それこそ、王宮魔術師になれるくらいの高魔力保持者でなければ不可能だ。

その上、自分だけではなく他の人も一緒に転移させられる人なんて、世界中の魔術師の中でも数が限られている。

驚く私に、アールが説明してくれた。

「主（あるじ）は研究所の所長ですが、王宮魔術師団長を輩出している名家出身の高魔力保持者なんです。ですので、転移魔法が使えるんですよ。すぐに連れてきてくれます」

「国の財政に関わる吉報だから、緊急議会の準備もすぐに始めよう。反対するやつなんていないだろうけどさ。アール、彼女達を城の中に案内してあげて。それからマオストに、緊急議会の準備を頼んでおいて」

リーフデ様はそう言い残し、転移魔法を使って姿を消してしまった。

アールに聞いたところ、マオスト様というのはファルマの宰相らしい。

「では、ティアナ様と騎士様はどうぞこちらに」

アールのふかふかの手に促(うなが)され、私達は城内に入ることになった。

私とシグノとコルはアールが淹(い)れてくれたお茶を飲みながら、案内された部屋で待機していた。

大国の王城の一室らしい内装の部屋で、高価そうな調度品が並んでいる。

「お茶のお代わり、いかがですか？」

アールの言葉に頷こうとしたところ、彼のピンと立った耳がぴくりと動く。アールは顔を扉の方へ向けて、口を開いた。

「どうやらいらっしゃったようです」

その言葉に、私の隣に座っていたシグノが反応して立ち上がり姿勢を正す。

私も彼に続いて立ち上がると、足音が近づいてきてノック音が響き、扉が開かれる。

そこには、アールの主(あるじ)であるリーフデ様と一人の青年が立っていた。二人は足を進めて室内へと入ってくる。

リーフデ様の隣を歩く青年は、晴れ渡った空のような色の髪と瞳を持つ人物だった。凛々(りり)しさと、どこか神々(こうごう)しい空気をまとっている。

身に着けている衣服からも、相当身分が高い人だということが窺えた。

誰だろう？

私が内心首を傾げていると、リーフデ様がにこやかに口を開いた。

「連れてきたよ。うちの国王」

「え！」

まさか、国王陛下を直接連れてくるなんて。

思わず呆気にとられてしまった。

てっきりライを連れてくるのかと思っていたけれど、よくよく考えれば、リーフデ様は誰を連れてくるかについて言及していなかった。

とその時、私の右肩にとまっていたコルが「カァ！」と明るい声を上げて、国王陛下の肩に飛び乗ってしまう。

「カァカァ」とどこか楽しそうに鳴いているコルを、陛下が優しく撫でる。

……珍しい。コルが私以外の誰かの肩に乗るなんて。

「あの時のカラスか。元気になって良かったな」

「カァ」

……あの時？

私が首を傾げると、陛下はすぐ目の前にやってきて、私の体を軽々と抱き上げた。彼は満面の笑みを浮かべ、そのままくるくると回り始める。

ちょっと待って。全く状況が把握できてないんですけど！

「すごいぞ、ティア。君はファルマに幸運を運んでくれた女神だよ」

突然の出来事に頭が真っ白になりかける。それと同時に、彼の声と瞳の色に覚えがあることに気が付いた。

……ライと似ている。いや、似ているというか、同じ顔？

「え、もしかして、ライ……？」

「そうだよ」

「こ、国王様だったの⁉」

「あぁ。驚いた？　ライナスだからライ」

「お、驚きすぎて逆に冷静になったかも」

なるほど。お兄様が戸惑っていた理由がわかった。

菫色の長い髪を束ねて眼鏡をかけていたライだけど、いまの髪型は耳にかかるかかからないかくらいの長さで、眼鏡もかけてない。

顔は同じでも、髪の色と髪型、眼鏡でかなり印象が違う。

ライに抱き上げられているため視界がいつもより高く、また彼の整った顔がすぐ近くにある。

見た目は違っても、ライの優しい表情は変わらない。そのことに、ちょっと安心する。

──それに、ライがこんなに喜んでくれるなんて嬉しいかも。

あぁ、だけど国王陛下だとわかった以上、いままでと同じ振る舞いをしていたら不敬罪にあたりそう。

ぐるぐる悩み出した私を見て、ライは何かを察したみたい。にっこり笑いながら、これまでと同じ呼び方、対応で構わないと笑って言う。

……恐れ多いけれど、お言葉に甘えようかな。

「改めてティア、本当にありがとう」

「ううん。でも、ファルマに幸運を運んで……って、どういうこと？」

ライは私を毛足の長い絨毯の上に下ろして、口を開く。

「エタセルのハーブは仲介業者に搾取されているんだって？　リーフデにさっき事情は聞いたよ。エタセル産のハーブの高騰問題は、議会でよく議題に上っていたんだ。前に少し話したけれど、エタセルのハーブ輸入に使われている予算はかなりのものだったからな。ただそれも、ティアのおかげで解決しそうだ。エタセル産のハーブ代にかけていた分を、他へ振り分けることができる」

「そう、研究費用とかね！」

リーフデ様の弾んだ声が室内に響く。

「あぁ、研究費用も増やせるだろうな。今日の緊急議会では、エタセルとの直接取引に関する議題が中心になるだろうから、予算の振り分けに関しては日を改めることになるけれど」

「研究費用が増えれば、色々できるんだよね。だから、ティアナ嬢が運んでくれた幸運は、未来の医療に光をもたらしてくれることにもなる」

リーフデ様はそうおっしゃってくださるが、私としては、ただ悪党を殲滅(せんめつ)したかっただけ。

どことなく面映(おもは)ゆい気持ちになってしまう。

「リーフデの言葉は、大袈裟(おおげさ)なんかじゃないぞ。新薬の研究開発には、それなりの手間と金がかかる。だが、そこにかけられる予算を大きく増やすのは難しかったんだ」

「そうなんだよー。上の連中は、何かと予算を渋るし。でも、今回の件で光明が差したよ！」

ご機嫌なリーフデ様を見て、アールがにこやかに言う。

「僕も、主(あるじ)の願いが叶って嬉しいです」

「うん、ありがとう。これで研究に力を注げるよ。だから、アールはこれからもおいしいおやつとお茶で僕を癒してね」

リーフデ様はアールを抱き上げて、はにかみながらそのふかふかの顔を撫でる。アールも嬉しそうに目を細めていた。

おいしいお茶とおやつは、すごく羨ましい。

まだ二人と会って間もないけれど、主従の微笑ましいやりとりと信頼関係の深さに、私はほっこりした気持ちになった。

「ティア。こちらの騎士殿がティアの護衛を？」

ライがシグノに顔を向けたので、私は二人の間に立つ。

「紹介するのが遅れてごめん。彼はシグノ。エタセルの王宮騎士団長よ」

ライはシグノの方へ歩み寄り、手を差し出す。シグノも手を伸ばして、二人は握手を交わした。

「ようこそファルマへ。歓迎します」

「どうも」

「なぁ、ティア。リストはどこに？　リストにも挨拶をしたいんだが」

「お兄様はエタセルにいるわ。今回ファルマに来たのは、私とシグノだけよ」

私の返事に、ライは目を大きく見開いた。

「……状況が状況だが、男女二人での行動をよくリストが許したな」

「反対されたわ」

「だろうな」

「私、最初は一人でファルマに向かうつもりだったの。でも、レイが護衛をつけてくれて」

「レイ？」

「レイガルド国王陛下」

そう答えた瞬間、ライ達は驚きの表情を浮かべる……そうだよね、一国の王様を気軽に呼んでいるんだもん。まぁ、ライに対してもそうなんだけど。

「レイという愛称で呼んでほしいとおっしゃったから。私だって、本当は恐れ多いと思ってるんだけど」

「「え、愛称で」」

リーフデ様とアールの声が綺麗に重なった。一方のライは、石のように固まっている。

どうしたのだろうか？

私が首を傾げていると、ふたたび部屋をノックする音が響いた。やがて扉が開かれて、一人の男性が現れる。

三十代後半から四十代前半くらいだろうか。

無精ひげを生やし、漆黒（しっこく）の髪を短く切り揃（そろ）えていて、上質で落ち着いた衣服を身にまとっている。

ふと、彼の左手の薬指に光る指輪が目に入った。そのデザインは……ハート形に見える。男らしい見た目に反して、とても可愛らしいデザインだ。

「マオスト、大変！」

リーフデ様が男性のもとへと向かい、何かをささやいている。

マオスト様——先ほどアールが話していたファルマの宰相だ。

マオスト様は、リーフデ様の話を何やらにやにやしながら聞いていた。

「俺がいない間に、そんなおもしろいことになっていたのか。ライナス、ライバル登場だな」

「おもしろがるな」

マオスト様とライのやりとりから、二人の仲の良さが窺（うかが）える。呼び捨てするくらいだもの。

「じっくり話を聞きたいところだが、そろそろ議場へ向かってくれ。ある程度人が集まっているからさ。ティアナ嬢にも参加してもらいたいんだが、構わないかい？」

「もちろんです」

私はマオスト様の言葉に、大きく頷いた。


――こうして、議場へやってきた私達。

室内の正面には国旗が掲げられ、演壇と議長席が設けられている。そこから半円を描くように、ダークブラウンの長机が等間隔に並べられていた。長机の列ごとに段差があるので、後ろの席に座っていても演壇と議長席はしっかり見えそうだ。

席はほとんど埋まっている。ちなみに位（くらい）が高い貴族ほど、演壇に近い席に座っているらしい。

私はというと、議長席のすぐ近くに設けられた席に座るよう指示された。この席には、ライと宰相のマオスト様をはじめ、ファルマの重鎮達が座っている。

「いやー。それにしても、さすがはモンターレ伯爵の娘さんだ。あぁ、いまは元伯爵だったか。まさか、あっという間にハーブ問題を解決してくれるなんて」

マオスト様が、笑みを浮かべながら言う。ちなみに彼は、リーフデ様の妹君とご結婚されているらしい。あの可愛らしい指輪は、奥方のご趣味なのだろうか。

「モンターレ元伯爵の娘、か」

ライの呟きに、マオスト様がにやりと笑う。

「そう、モンターレ元伯爵の娘。だが、もうすぐモンターレ元伯爵家の令嬢ティアナではなく、ティアナ・モンターレとして覚えられることになるな」

私はマオスト様の言葉の意味がわからず首を傾げる。

「ティアナ・モンターレとして？」

どういう意味なのだろう？　と思えば、ライが答えてくれた。

「そうだ。いままでは父君の名でしかティアを知らなかった貴族達が、ティアナという個人を知ることになる。貴族だけじゃなく、ファルマの国民にも名が知れ渡るだろう」

ライに同意するようにマオスト様も頷いている。私はあまり現実感が持てず、首を傾げてばかりいた。

やがて、議場に鐘の音が響き渡る。これから議会が始まるようだ。

私は気を引き締めて、これから話す内容を頭の中で整理した。

――その後、議会は拍子抜けするくらい順調に進み、私が持ちかけた案に一同賛成してくれた。こうして、議会の幕が下りた。

私としては、「こんな小娘の話を信じるのか」という声が上がると思っていたのに。

ライやマオスト様、リーフデ様の後押しがあったからだろうか？

議会終了後、私は貴族達に囲まれた。

「ティアナ殿、このたびは我がファルマへのご尽力、心から感謝いたしますぞ」

「是非、何か贈らせてほしい！」

労いの言葉や感謝の言葉をかけられるとは思っておらず、私は困惑しながらもあたふたと対応した。

「あ、ありがとうございます。お気持ちだけ……申し訳ありませんが、今回は時間がなく、すぐにエタセルに戻らねばなりません。また改めてご挨拶に伺います」

マオスト様に促されて議場の外へ出ると、ライが数名の人物に囲まれていた。彼らは、写真機を首からさげている。ライは私に気付いて、声をかけてくる。

「ティア。彼らはファルマの新聞社の方達だ。取材を受けている時間はないと説明したんだが、写真だけでも撮らせてほしいらしい。リムス王国に支社を持っている会社もあるが……どうする？」

「リムスにも？」

一度はリムスから居を移した両親だが、そろそろ戻って潜伏生活を始めているはず。それに、リムスにはマルガリタもいる。

彼らに私は元気でいると伝えられるかもしれないと思った。

「あまり時間がないので、写真だけなら……」

すると、新聞社の方達は微笑んで「ありがとうございます」と写真機を構えた。


「予定より早くエタセルに着いたな」

「そうね。議会までの流れもすごくスムーズだったし、良かったわ」

エタセル、ファルマ間でのハーブ取引については、順調に話が進んでいる。現段階ではまだ契約締結に至っていないけれど、ファルマ王家からの書状はもらってきたから仮契約といったところ。後日、レイも交えた場で正式に契約を結ぶ運びとなった。

予定より早くエタセルの王都ノーザンへ帰ってきた私達は、城へ向かう前に、ハーブの倉庫へ向かうことにした。

ファルマへの提案が上手くいったことを生産者のみんなに一番に伝えたい。

だが建物に近づくにつれ、異変に気が付いた。

倉庫の前で人々が何やら揉めている。木箱を荷馬車に載せようとしている人々をハーブの生産者達が必死に止めている。あたりには怒号や叫び声も響いていた。

「ねぇ、シグノ。あれは……」

「やばいな」

私達は状況を理解し、慌てて倉庫に駆け寄る。

せっかく予定より早く到着したというのに、さらに早く仲介業者がハーブを回収しに来てしまったようだ。

ハーブの入った箱をしっかり押さえている生産者と、それを蹴散らそうとする屈強な男達。

双方から飛び交う怒号に、私とシグノの顔は険しくなっていった。

屈強な男達の傍には、太った男性の姿がある。彼は地団太を踏みながら、あれこれ指示をしているようだ。眉を吊り上げ、「早くしろ！」と急かしている。

彼の足元には、硬貨の飛び出した巾着が無造作に置かれていた。

——もしかして、あいつが諸悪の根源？

男の指には、美しい指輪がいくつも嵌められている。それら全てにつけられた大粒の宝石が、星のようにキラキラと輝いていた。

随分、儲かっているようだ。指輪だけじゃなく、首からさげている黄金のネックレスと上質な衣服からも察せられる。

私とシグノは倉庫前に到着したが、みんなは夢中で気付かない。馬を下りると、上空を飛んでいたコルが私の肩にとまった。

「荷物から手を離しなさい！」

息を大きく吸い込み、腹の底から声を張り上げれば、全員の動きがぴたりと止まった。

「ティアナ様」

生産者達から、湧き上がる歓声。

きっと、ファルマとの件がどうなったか心配していたに違いない。私は彼らを安心させるために微笑んだ。

すると、太った男がこちらに視線を向ける。

「なんだ、この女は。あぁ、もしかして俺の女になりに来たのか？　まぁ、良いだろう。見る目があるようだな」

男はごてごてと宝石で飾られた手を伸ばしてくる。けれど私に触れる前に、コルの嘴攻撃が炸裂した。

男は、「痛っ！」と声を漏らして手の甲を押さえる。そしてコルを鋭く睨むが、コルが翼を羽ばたかせると、体をびくりと震わせた。

さらに、コルの威嚇の鳴き声を受けて、男はじりじりと後ずさる。

私は地面に落ちている硬貨と巾着を拾い上げ、中身を確認した。

「ハーブの代金だそうです」と近くにいた生産者が教えてくれた。そしてこの太った男こそ、やはり仲介業者らしい。

——いくらなんでも少なすぎでしょう？　これでみんなに生活しろって？　どれだけ搾取してんのよ。本当にクズい！

苛立つ気持ちを抑えながら、私は口を開く。

「その荷物は、あなた達が勝手に触れて良いものではありません。今後、ファルマへの輸出は仲介を通さず直接取引をすることになりました。そちらの品は、ファルマへの輸出品として成約済みです」

まだ仮契約状態ではあるけれど、ハッタリの意味も込めてそう言いきった。屈強な男達はファルマという国名に反応し、とっさに木箱を地面へ下ろす。

すると、仲介業者が片眉を上げながら口を開いた。

「ふん、こんな弱小国に、ファルマほどの大国へのパイプがあるかよ。そんなことできるはずがない」

私は鞄から革製の筒を取り出し、蓋を開けて中に入っていた書状を取り出した。そこには、ライの署名に加えてファルマ王家の正式な印が捺されている。

「残念ね。これが証拠よ」

次の瞬間、仲介業者の顔が青ざめる。

「馬鹿な！」

「馬鹿はあなたの方よ。あぁ、先に言っておくけど、いままで好き放題してきた分もきっちり償ってもらうわ。地獄のような暮らしを覚悟なさい」

冷たく言い放つと、今度は仲介業者の顔が真っ赤に染まる。歯を強く噛みしめているようで、ギギッという耳障りな音が聞こえた。

「女のくせに、俺に逆らいやがって。覚えていろよ、後悔させてやるからな！」

仲介業者は悪党らしい捨て台詞を吐き、屈強な男達を連れて去っていく。

その背を眺めながら、私は口を開いた。

「まだあなたのことを覚えていてあげるわ。『まだ』……ね」

私の放った言葉に、シグノが眉をぴくりと動かす。

「おい、いまのはどういう意味だ？」

「これまで好き放題してきた分は償ってもらう。これで終わらせるわけがない。でも、捕まえるのはいますぐじゃないわ」

「何か考えがあるようだな」

「あの男達以外に、悪いやつらがいる可能性だってあるでしょう。できれば一網打尽にしたいのよね。大物が釣れると良いなぁ」

「……可愛い顔して結構やるな、お前」

シグノは感心したような顔で私の方を見る。

「クズい悪党は、根こそぎ狩るべきよ。それで相談なんだけど、騎士団員を少し借りられないかしら？　仲介業者の見張りをしてもらいたいの」

「俺は構わないが、レイを一度通せ」

「わかったわ」

私は大きく頷き、ハーブの生産者達に向き直る。

彼らは呆然とした表情で、仲介業者が消えていった方向を見ていた。

――ずっといままで支配されてきたから、実感が湧かないのかしら。

やがて、誰かがぽつりと呟いた。

「……やったぞ」

その声を皮切りに、生産者達が次々と雄叫(おたけ)びを上げ、両手を天へと突き上げ始めた。中には涙を浮かべている人の姿もある。

「ティアナ様、ありがとうございます。全部ティアナ様のおかげですよ！」

「本当だな。ティアナ様は俺達の恩人だ」

「ティアナ様がいなかったら、ずっと同じままだった」

「これで子供達に腹いっぱい食べさせてやれる……！」

みんなに囲まれ口々に感謝の言葉を述べられたが、私は首を左右に振った。

「いいえ、私は何も……それに、まだ終わっていません。元凶を捕まえないと。近々、動きがあると思います。協力していただけますか？」

「ティアナ様の頼みなら、なんでも引き受けます。それにもともとは俺達の問題ですから」

「ありがとうございます」

悪党の殲滅（せんめつ）まであと少し……最後まで気合いを入れていこう。


レイに報告をするべく、私とシグノは城にやってきた。

彼の執務室へ向かい、扉をノックすると、開けてくれたのはお兄様だった。どうやら、レイの補佐として仕事を手伝っているようだ。

レイの執務室には、執務机や本棚など必要最低限の調度品が並んでいる。壁の上部にはクリーム色、腰よりも低い位置には濃い緑色の壁紙が貼られていた。

「ティア！　無事だったんだね。良かった」

お兄様は安堵の表情を浮かべ、私を抱きしめた。それから私は、お兄様に促（うなが）されるまま執務室へ入る。

室内には、私と同じ年くらいの女性の姿もある。とても美しい女性だ。私が会釈すると、彼女も同様の仕草をする。

彼女は清楚な印象を受ける、飾りの少ないレモンイエローのドレスを身にまとっていた。リムスではフリルや刺繍が施されたドレスが多いため、このようなドレスを見るのはとても新鮮だ。

直線に切り揃えられた真紅の前髪からは、意志の強そうな、切れ長の目が覗いている。高い鼻梁にきゅっと引き結ばれた薄い唇は、どことなくレイに似ていた。

——そういえば、レイには妹がいると聞いた。もしかして、彼女が？

「紹介するよ、ティア。妹のルナだ」

レイは椅子から立ち上がり、彼女の傍までやってきてそう紹介してくれた。

「ルナと申します。以後、お見知りおきを」

ドレスの裾を摘まみお辞儀をした彼女を見て、私も慌てて自己紹介と挨拶をする。

「初めまして、ティアナ・モンターレです」

「ティアナ様がご無事で何よりです。シグノも」

彼女はそう言って微笑み、私とシグノを交互に見つめた。シグノに顔を向けた時、彼女の目元と口元が和らいだように見えたけど……気のせいだろうか。

「やっぱ慣れねーな。ルナの猫被りは。むず痒くて仕方ない」

「私だって、自分でも違和感がありまくりよ」

シグノの言葉をきっかけに、口調と表情が一気に崩れたルナ様。とても明るい雰囲気になった。

レイとルナ様はシグノの家に引き取られたと言っていたから、家族のように仲が良いのだろう。

「ファルマとの取引の話、上手くいきました。それから、仲介業者の件で報告が――」

倉庫の前で起こった出来事を報告すると、お兄様の顔がだんだん青ざめていく。

「ティア、なんて無茶なことを……」

「大丈夫ですわ、お兄様。コルも守ってくれましたので。それより、レイに相談があります。仲介業者を見張るため、騎士団員をお借りしたいのですわ」

「構わないが、事情を伺っても？」

私は先ほどシグノに説明した時と同じように、レイにも話す。

「なるほど。おびき出して一網打尽にするということか」

「ええ。もしかしたら、この国にもまだ腐った連中がいるかもしれません。他国にも……ですから、仲介業者が連絡を取り、何かを一緒に企むような相手を知りたいんです」

私が拳を握ると、レイは力強く頷いてくれた。

ハーブの仲介業者を泳がせることにしてから、しばらくが経過した。

私はエタセルに滞在しながら、生産者のみなさんのお手伝いをしている。いまは、新たに設立されることとなった「商会」に関わるあれこれに携わっていた。

ハーブの生産者は、王都に限らず地方にもいる。いままでは仲介業者がエタセルのハーブの生産者を取りまとめていたそうだが、今後はそれを誰が担うかが問題となった。

そこで、エタセルの王都ノーザンに商会を設立することにしたのだ。

地方には商会の支店を置き、王都の本部と連絡を取り合って流通量を把握すれば、ハーブの安定供給にも繋がる。

……ちなみに、これは私の提案によるもの。

商会の拠点となる場所には、王都のとある建物を貸してもらえることとなった。

「まさか貴族が所有していた屋敷を貸してもらえるとは思わなかったわ」

私は、鉄の門の奥に広がる広大な敷地を眺めた。

敷地の中心には噴水があり、正面の建物に向かって石畳の敷かれた道が伸びている。

右側には貯蔵庫、左側には馬小屋もあった。

広さは問題なし。ただ、長期間人の手が入っていないので、まるで幽霊屋敷のようだ。

なお、修繕や掃除が必要なのは屋敷だけではない。

石畳の道にも、逞しい雑草がたくさん生えていて、引っこ抜くのが大変そうだ。

「……さて、屋敷の修繕と商会のお仕事を頑張りますか」

噴水の傍には、荷馬車が何台も停められていた。その中から、ピカピカの調度品などが次々と屋敷の中へ運び込まれていく。

「おはようございます」

「あ、おはようございます、ティアナ様！」

私が声をかければ、ゴアさん達が荷物を運ぶ手を止めて、こちらに顔を向けた。

「見てください、ティアナ様。ファルマの方々からこんなにたくさんの贈り物が届いています！」

そう、彼らが運んでいるのは、ファルマの貴族から届いたお礼の品だ。

リーフデ様をはじめとし、どうしても私にお礼がしたいとおっしゃる貴族のみなさんがたくさんいた。何度かお断りしたのだが、彼らからの贈り物は続々と届いた。これ以上断るのも逆に失礼かと思い、それならばと、私は文具や家具が欲しいとお願いしたのだ。

「商会が機能し始めれば、色々なことが安定すると思います。みなさん、引き続き一緒に頑張りましょう」

私がそう声をかけると、みんな笑顔を返してくれる。けれど、複雑そうな顔をしている人達もいた。ゴアさんもその一人だ。

「どうかなさったのですか？」

「……俺達だけこんなに幸せになって良いのかって、思ってしまうんです」

「ローリアンの支配下では、常に搾取されてきました。農具も自分達のものは使用禁止にされ、有料で貸し出されたものしか使用してはいけませんでしたし。若い者達は国を捨て、他国に流れていきました」

「エタセルの国民は、日々生きることで精いっぱいだったんです。俺達もそうだったけど、ティアナ様のおかげで解放された」

「とはいえ、この国にはまだハーブしかない」

みんなが憂う気持ちは、痛いほどわかった。

ハーブの事業を広げていくだけじゃなく、他にもエタセルならではの強みが欲しい。ファルマは医療、リムスは美容と観光。エタセルは何を強みにすればいいだろう？

「少しずつ考えていきましょう。まずは、目の前のことから一つずつ。引っ越し作業、私もお手伝いいたしますわ」

「いいえ、ティアナ様に引っ越し作業なんてさせられません！」

「大丈夫ですよ。そのために来たのですから。髪も邪魔にならないようにまとめていますし」

「あっ、本当だ。可愛らしいバレッタですね」

「ありがとう。プレゼントしてもらったものなんです」

私が髪をまとめている薔薇のバレッタは、ライから贈られたものだ。同封されていた手紙には、「ティアの新しい門出へのお祝い」と書かれていた。

木彫りされた薔薇は、丁寧に着彩と艶出しがされていて、朝露をまとったように瑞々しく見える。これを髪につけると気分が華やかになる。

今度、ライにお礼を贈りたいなぁ。

大きな調度品はゴアさん達が設置するということで、私は資料室の整理を手伝うことにした。

箱から資料を取り出し、本棚へと収納していく。

もくもくと作業していると、気が付けば箱の中身はもうすっかり空。

私が手にしている本が最後の一冊だ。

「これで資料は終わりね」

脚立に上り、最後の本を棚へ収納しようとした瞬間、「ティア」と名前を呼ばれた。

「え」

振り返ろうとして、バランスを崩してしまう。慌てて体勢を直そうとしたものの、時すでに遅し。

私は後方に倒れ込んでしまった。

――やばい。

とっさに目を瞑(つぶ)るが、いつまで経っても襲ってくるはずの痛みを全く感じない。代わりに何かが体に巻きつき、背中に厚くて硬いものが当たった。

足は宙に浮いているようで、ぷらぷらしている。

「あれ？　痛くない……」

ゆっくり目を開ければ、「間に合って良かった」という安堵を含んだ声が頭上から降ってきた。

「レイ！」

見上げると、目と目が合って、彼は優しげな表情を浮かべる。

どうやらバランスを崩した私を、レイが抱きかかえて助けてくれたようだ。

「すまない、俺が急に声をかけてしまったばかりに」

「いいえ、私がびっくりしちゃっただけですから」

元傭兵だと聞いたが、国王となってからも鍛えているのだろう。見た目通り引き締まった体躯で、私を楽々抱き上げている。

「ティアはすごいな。こんなに小さいのに強い。エタセルにやってきて早々、国を変えてくれた」

レイは私を床に下ろすと、表情を和らげながら言った。

「可愛いし強い。そして頭も良い。ティアは完璧なご令嬢だな」

レイは私の頭を撫でる。

そういえば、お兄様にもよく頭を撫でられるんだよね。もしかして私の頭は、撫でやすい場所にあるのだろうか。

「ティアの予想通り、仲介業者が動いたぞ」

彼の発言に、私は目を大きく見開く。

「エタセルの裏切り者も含め、結構な数の共謀者が明らかにされたが、加えてかなりの大物も釣れた」

「誰ですか？」

「隣国テルネンの大臣だよ。実はいま、テルネン国からその件で客人が来ているんだ。至急、城に来てほしい」

「わかりました。誰かに馬を借りられるか聞いてみます」

「俺が乗せていくよ」

「では、ゴアさん達に事情を話してきますので、先に外で待っていてください」

私はレイにそう告げると、急いで部屋を出たのだった。


「……この部屋ですか？」

レイに案内されたのは、初めて訪れる部屋だった。

なんと、ここはお兄様の執務室らしい。

エタセルの国政に関わる手伝いをすることがあるため、兄専用の部屋が用意されたのだそうだ。

隣国からの客人は、この部屋にいるのだろうか？

重厚な紺碧（こんぺき）の扉をノックすれば、中から返事が聞こえる。

そっと扉を開けると、執務机で仕事をしているお兄様の姿が目に入った。お兄様の他には誰もいない。

お兄様は仕事の手を止めて、優しく微笑みながら私を迎えてくれる。

「お兄様。レイに伺いましたわ。隣国からお客様がいらっしゃっているそうですわね？」

「あぁ。『黒衣の執行官』がいらっしゃっている」

「『黒衣の執行官』？」

執行官はリムスにもいたけれど、『黒衣』という言葉は初めて聞く。

「『黒衣の執行官』は、主に重犯罪者を捕まえる役職に就いている人達のことだよ。隣国テルネンにしかない役職なんだ」

なるほど。さすがはお兄様、博識でいらっしゃるなぁ。

私も祖国を出たのだから、もっと勉強をして見聞を広げないと。そう考えていると、お兄様は真剣な顔で私を見つめる。

「その件で、ティアに頼みがあるんだ」

「頼み、ですか……？」

「ティアが泳がせている仲介業者を『黒衣の執行官』達に引き渡してほしいんだ」

「仲介業者を……？　隣国の大臣が釣れたと伺いましたが、まさかエタセルの話に何か関係が？」

「いや、そういうわけじゃない。実は隣国の大臣が奴隷売買に関わっていてね。あの仲介業者も、その件に一枚噛んでいるそうだ」

　お兄様の言葉に、私は目を見開いた。

　奴隷売買――なんてゲスい。

「……あまり他国をどうこう言いたくはありませんが、大臣が奴隷売買に関与だなんて大問題ですわね」

「そう。だから、内密に処理したいんだろうね。腐っている者はどの国にもいる。頭が痛いよ」

　お兄様は腕を組み、深い溜息を吐き出す。

　北大陸の一部では奴隷売買が認められていると聞いたことがあるが、私達がいる東大陸では禁止され、関与すれば重罪となる。

　まさか、ハーブの仲介業者も関わっていたとは……。

「大臣と仲介業者は、捕縛されたのち、ランドルナ監獄へ収監される予定だよ」

「ランドルナ……テルネンの砂漠にある刑務所ですわよね」

　主に重犯罪者と政治犯が収監されている。その過酷な環境ゆえに、地獄の門とも呼ばれている。

「あぁ。僕としては、仲介業者を引き渡したい。隣国に大きな貸しも作れるからね」

にっこりと微笑むお兄様。ちょっと黒い笑みに感じられるのは、気のせいだろうか。

「隣国へ引き渡しても構わないかい？」

「ええ、もちろん」

「ありがとう。ではさっそく、『黒衣の執行官』に了承の旨を伝えよう。ティアも挨拶をしておいて。いま、応接室に待たせているんだ」

「俺が案内しようか？」

レイがそう申し出てくれたが、お兄様は首を左右に振った。

「陛下にそのようなことはさせられません。それに、隣国との交渉は僕が行いますので」

エタセルに来て間もないのに、お兄様はすっかり仕事に慣れている。むしろ、ちょっと生き生きしている気がした。

「あっ！　そうだ、ティア。応接室に行く前に……ティアに手紙が届いていたんだ」

お兄様は執務机の引き出しを開けて、小鳥が彫られた木箱と大きな封筒を取り出す。それらを私に手渡してくれた。

「ライからだわ！」

さっそく封筒の封を切り、中を確認する。そこには、新聞と便箋が入っていた。リムス王国で発行された新聞を入手したとのことで、わざわざ送ってくれたらしい。

他にも、私や家族のことを気遣う文が書かれていた。

木箱の中身は、ライがブレンドしたリラックス効果のあるハーブティーとのこと。無理せず、たまには休息を取るようにと綴られている。

「ハーブティーですって。お兄様、あとで一緒に飲みましょうね」

「気遣いがとても嬉しいな。ライらしい」

「うん、そうね」

来客の対応を終わらせたら、ハーブティーを淹れよう。

……そういえば、いままでメイドにお茶を淹れてもらうことが多く、自分一人でお茶を淹れたことがない。

もう貴族ではないのだし、お茶も自分で淹れなくちゃ。なんでも一人でできるようにならないと。

エタセルの城から商会までは距離もあるし、家を借りて一人暮らしを始めてみようかな。

そんなことを考えていると、お兄様が私の手元を覗き込んできた。

「ティア。その新聞に載っている写真って、ファルマで撮影したやつかい？」

「うん。リムス王国の新聞にも載ったみたい。マルガリタ達が見てくれているといいなぁ。

私は元気だよって伝わってほしい」

新聞を広げながら言うと、お兄様は私の頭を撫でてくれた。

「きっと見てくれているよ。掲載されているのは一面だね。ティアがとても可愛く写っている。保存用で一つ欲しいなぁ」

お兄様の言う通り、写真はすごく良く撮れていた。

笑顔のライと私が印刷されているのだけれど、ライは相変わらずカッコイイし、王様オーラが紙面からも漂ってくる。

何気なく新聞をめくると、ルルディナ様達の話も掲載されていた。

二人は自分達の愛が永遠に続くことを願って、広場に愛の花壇を作ったらしい。

掲載されている写真を見ると、頬と頬を合わせ、ハート形の花壇の前で抱き合っていた。相変わらず斬新な人達だ。

広場はとても広々としていて、よく子供達がボールを蹴ったり、駆け回ったり自由に遊んでいた。けれど、その広場に何箇所も愛の花壇を作ったらしい。これでは、子供達が遊び回るのが難しそうだ。

「王女殿下達は、何故わざわざ広場に花壇を作ったんだろうか？」

お兄様の疑問に、私は眉をひそめて答える。

「きっと人が多く集まる場所に作りたかったのでしょうね。自己顕示欲がかなり強い方達ですもの。広場に花壇を作るのは賛成だけど、作りすぎな上に場所が悪いわ。子供達の遊び場だったことを知らなかったのかもしれないわね」

民の生活圏内なんて歩いたこともないだろうし。

相変わらずの熱愛っぷりに、私は乾いた笑いを漏らしたのだった。

そのあと、レイと別れた私は、お兄様と共に応接室へ向かう。

「お待たせして申し訳ありません。妹を連れてきました」

扉を開けたお兄様が、にこやかに言う。すると、ソファに座っていた男性と女性がすっと立ち上がった。

二人は、艶のある漆黒の生地でできた役人服に、マントを羽織っている。

襟元や袖口は窮屈な印象を受けるくらい、銀のボタンできっちりと留められている。手には革製のグローブがはめられ、肌の露出部分が極端に少ない。

「初めまして。ティアナ・モンターレと申します」

そう挨拶すると、黒衣をまとった男性は目を大きく見開いたまま固まった。女性の方は、にこりと微笑んでくれる。

「初めまして、ティアナ様。私は執行補佐官のマキナと申します。こちらが最高執行官のハンブレです。って、ちょっとハンブレ先輩？」

　ぼーっとしているハンブレ様を、マキナ様が怪訝そうに見ている。

「す、すまない」

「あっ、もしかしてティアナ様がお美しい方だから見惚れちゃったんですかー？　無慈悲な最高執行官も、美人には弱いんですねっ！」

「いや、エタセルのハーブ問題を解決し、業者を泳がせて他の悪党をおびき出そうとしている女傑だと聞いていたんだ。だから、もっとその……」

「先輩、新聞見てないんですか？　ファルマの国王様と一緒に写っていたのに。美男美女でお似合いでしたよ」

　二人は、先輩後輩の仲らしく、とても親しげな様子だ。

「仲介業者の件、兄に聞きました。私もご協力したいと思います」

「協力、感謝します。私達があまり派手に動くと、大臣に動きがバレてしまう可能性がありまして。ですから、仲介業者はエタセルで捕らえていただき、内密に輸送という形にしたいのです」

『黒衣の執行官』のお二人に向かって、私は力強く頷いたのだった。

『黒衣の執行官』のお二人と話してから、さらにしばらく経った、ある晩――

私はシグノと共に、王都にある、商会の取引先のハーブ倉庫にいた。

この倉庫は煉瓦造りの二階建てで、一階はハーブの仕分けなどを行う作業部屋、二階が事務的な業務を行う部屋となっている。

私達は二階の床に厚手の絨毯を敷き、壁に凭れかかるようにして座っていた。

明かりは灯していないので、窓から差し込む月明かりだけが頼りだ。今日は満月だから、思いのほか明るい。

仲介業者を充分に泳がせて、共謀者もおびき出すことができた。さらには先日、彼らがエタセルのハーブ倉庫を襲撃しようとしているという情報も手に入れたのだ。

「なぁ、商会の方の倉庫を襲う可能性はないか？」

シグノの問いかけに、私は首を左右に振った。

「絶対に煉瓦倉庫よ」

「根拠はなんだよ？」

「生産者の人達に協力してもらって、この倉庫に大切な商品を運んでいるふりをしたの」

「いつの間に……」

「ハッタリは必要でしょう？　あ、安心して。ここに運んだ木箱の中身は、希少なハーブじゃなくて雑草とか木の枝だから！　商会の建物を修繕した時、庭が荒れ放題だったじゃない？　みんなで刈った草や、剪定した時に出た枝を再利用したの」

「なるほど。あいつ、雑草だって知ったらどんな顔するんだろうな」

大切な商品は、ちゃんと別の場所に保管してある。

ただし、仲介業者や手下達へのハッタリのため、ここ数日間、生産者のみんなにずっと演技をしてもらっていたのだ。

「私が悪党なら、相手に確実なダメージを与えられる高価なものを壊す。だから、こっちを選ぶわ」

「……さすがはリストの妹」

「お兄様の妹と言われるのは、とても光栄なことよ」

私は簡易テーブルに手を伸ばす。

テーブルの上には、ポットと籠が置かれている。籠には、繊細な刺繍が施された布がかけられていた。

私はポットを手に取り、二人分のカップにお茶を注ぐ。すると、ふわふわした雲のように柔らかな湯気が立ち上った。

「どうぞ」

カップを差し出せば、シグノが受け取る。

「おっ、ありがとう」

「夜になると冷えるよね」

私はカップで暖を取りながら呟く。シグノは着ていた騎士服の上着を脱ぐと、私に差し出してくれた。

「このあたりは、山が近いからな。これを着ていろ」

「いいよ。シグノが寒くなるから」

「俺は鍛えているからいいんだよ。お前に風邪でも引かれたら、リストが心配して大変なことになりそうだし」

「でも……」

戸惑っていると、ちょっと強引に上着を押しつけられる。

お礼を言って、上着を羽織った時だった。

「ありがとう」

一階でカタッという物音がした。

耳を澄まして音に集中すれば、何かがぶつかり合うような音と共に、人の話し声も聞こえてきた。

二人で顔を見合わせたあと、階段の方へとゆっくり向かう。

「おい、箱は全て壊して中身を踏み潰せ。葉も花も茎も、全て商品にならないようにしろ」

仲介業者の声が響き、私の心に苛立ちが膨らみ始めた。

「暴れられても迷惑だわ。建物まで壊されるわけにはいかないし。そろそろ行きましょうか」

「そうだな」

私とシグノは立ち上がると、近くにあったランプに火を灯して階段を下りていく。

トントンという音を鳴らせば、一階から「誰だ!?」という大声が聞こえてきた。

「こんばんは。久しぶりね、仲介業者さん」

手にしていたランプを自分の顔の前に掲げる。

「お前は……この間の女!」

「覚えていてくれたのね」

私はにっこり微笑むと、首からさげていた笛を手に取り、思い切り鳴らした。

ピーッという鳥の鳴き声のような音が響き渡り、窓の外が一気に明るくなる。

「な、なんだ……」

「なんだと思う？」

そう尋ねながら、最後の一段を下りる。

手元のランプであたりを照らせば、予想通りの状況だった。

壊された木箱や雑草、木の枝がゴミのように床に散らばっている。

「不法侵入と器物損壊で、いますぐあなたを牢へとぶち込んであげる。ちなみに外の明かりは騎士達よ。逃げられないから観念しなさい」

「くそっ」

顔を歪めて、仲介業者が一歩身を引く。

爪を噛みながら視線を彷徨わせ、何か考えているようだ。往生際が悪い。

「そうだ！　お前に金をやろう」

仲介業者はそう叫び、肩からさげていた鞄からパンパンに膨らんだ巾着を取り出して私に投げた。

私がお金で懐柔されるとでも思っているのだろうか。

――ん？　待って。あいつは『お金をやろう』と言っただけだわ。罪を見逃してほしいとは言っていない。

いままでの迷惑料として、お金だけいただいておこうかしら。

「それなら、いただくわ。せっかくだし。ねぇ、他に持ってないの？　エタセル国内に隠しているものとか」

「おい、ティア！」

隣に立つシグノから怒号が届く。

一方の仲介業者は、たちまち笑顔になった。見逃してもらえると思っているのだろう。

「女のところにも置いてあるが、エタセルではラナンス地区にある空き家に隠している。残りの金はこの国にない」

「ちなみに、エタセルにあるお金はおいくらほど？」

仲介業者が口にしたのは、私が予想していたより遥かに多い額だった。

「俺は世界でも屈指の金持ち。金は使いきれないほど持っている。お前に半分やろう。一生遊んで暮らせるぞ」

「助かるわ」

私がそう言うと、頭の上から影が差した。次の瞬間、首回りが苦しくなる。

顔を歪めながら上を向くと、怒りを露わにしているシグノの姿があった。どうやら私は、彼に胸倉を掴まれているようだ。

「お前、金が目当てだったのか」

「お金は大事よ。あなただって知っているでしょ？　いまのエタセルにはお金が必要だって。老朽化していて修繕が必要な施設だってたくさんあるわ。だけど財源がないから工事ができない。お金をもらえれば、助かるでしょう。そもそもあいつのお金は、あなた達から搾取して貯めたものなんだし」

「だからって罪を見逃すのか」

「それとこれとは、話が別よ。私、一言も見逃すなんて言った覚えがないし」

「はぁ？」

シグノは間の抜けた声を上げながら、私の胸元から手を離す。

「どういうことだ！　金だけもらうつもりだったのか」

仲介業者は顔を真っ赤にして怒鳴り散らしている。

「もちろん。だって、あなたが言ったんじゃない、お金をくれるって」

「言ったが、普通、見逃してもらうための交換条件だろ！」

「そんなの知らないわ。罪は償(つぐな)ってもらわなくちゃ困るもの。いままでの迷惑料にしては安いもんでしょ？」

「ふざけるな、俺に薄汚い牢屋で暮らせっていうのか！　エタセルの冬は寒いんだぞ!?」

「大丈夫よ。もうすぐ寒くないところへ行けるから。あっ、でも砂漠の夜は寒いんだったかも」

「どういう意味だ？」

引き攣った顔をしている仲介業者をスルーして、入り口の扉を開ける。そこには、ハンブレ様を先頭に『黒衣の執行官』が並んでいた。

お兄様もいるけれど、一人だけ衣服が違うから浮いているように感じてしまう。

「こ、『黒衣の執行官』っ！」

「彼らが連れていってくれるそうよ。しかも、あの名高いランドルナ監獄まで。片道切符だけれども仕方がないわよね。自分で蒔いた種だもの」

「執行官ごときが俺に手を出すなんて、身の程知らずめ。後悔するのはお前達だぞ」

「隣国の大臣に助けてもらうつもりなら、諦めた方が良いと思うわ。だって、彼も地獄行きなんだもの」

「なんだと!?　あいつに俺がいくら払ったと思っているんだ！」

マキナ様がハンブレ様に、丸まった紙を渡す。ハンブレ様はその紙に結ばれていた紐を解くと、仲介業者の目の前にそれを掲げた。

「大金を支払ったのに残念だったな、テトワナ・ヴィラトーン。『黒衣の執行官』の名のもと、お前を捕らえる。我が国の法のもと、己の罪を償ってもらう。さぁ、連れていけ」

ハンブレ様がそう告げると同時に、他の執行官達が男を捕らえて連行した。

あぁ、これで本当に解決したんだと肩の荷が下りる。仲介業者の名前、最後に初めて知ったなぁ。

「ご協力感謝いたします。後日改めてお礼と報告に」

「いいえ、とんでもありません。困った時は協力し合うべきですもの。ねぇ、お兄様」

ハンブレ様に向かって首を左右に振ると、お兄様が私の隣へとやってきた。

「ティアの言う通りですよ」

お兄様がにこやかに答えれば、ハンブレ様は深々と頭を下げ、入り口の方へと向かっていく。

「終わったーっ！」

「ごくろうさま、ティア」

「お兄様もお疲れさまです」

城へ戻って、ゆっくりお風呂に入って休もう。

とその時、私の名を呼ぶ声が届く。

扉の方に顔を向けると、そこにはハーブの生産者達の姿があった。

みんなには、危険だから絶対に倉庫に来てはならないと事前に伝えてある。それなのにどうしたのだろうか。

「ティアナ様！　ご無事で良かった」

「すみません。俺達、約束を破って来てしまいました。ティアナ様が心配で仕方がなかったんです。見守っていたリスト様も、同じ反応でしたよ。胃を押さえてハラハラしていました。シグノに胸倉(むなぐら)を掴まれた時なんて特に」

「リスト様と同時に飛び出しそうになったよな。騎士と『黒衣の執行官』達に止められちまった」

「ご心配をかけてすみません。お兄様も――あれ、お兄様は？」

さっきまでお兄様がいた場所に顔を向けるけれど、お兄様はもういなかった。

「あ」

ゴアさんが扉の方に目を向けて、小さく声を漏らす。そこには、お兄様に腕を掴まれているシグノの姿があった。

「あれは俺もハラハラしたから、リスト様のお気持ちがわかる」

「焦ったよな」

「俺も」

生産者のみんなが、お兄様の背を見ながら呟いたのだった。

＋　＋　＋

「やっぱり納得できない。あの女が新聞の一面ってどういうことなのっ⁉」

私——ルルディナ・ヴァイシェは、荒んだ感情のまま、手にしていた新聞を床へと投げ捨てる。そこからさらに、こちらを見て微笑んでいるあの女の顔をヒールで踏みつけてやった。

この新聞のせいで、しばらく前から私の気分は最悪だ。

記念事業の際には、王族が一面を飾るのが慣例となっている。

私とウェスター様は、二人の愛が永遠に続くよう願って、広場に花壇を作ったのだ。

それなのに、一面に掲載されているのは、私達の花壇ではなくあの女の顔。追放したティアナの写真だ。

ファルマの王に寄り添いながら、カメラに向かって微笑んでいる。

たかがハーブを流通させただけのくせに、私達を差し置いて一面を飾るなんて！

ファルマの新聞社に抗議して、リムスの支社にも何か罰を与えてやろうと思っていたのに、フォルスお兄様に止められてしまった。

苛々と爪を噛んでいると、背後からふわりと抱きしめられる。

「僕の愛しい人。ティアナごときで、感情を乱さないで。君は微笑んでいるのが一番似合うのだから」

婚約者であるウェスター様。彼の腕の中は、世界で一番ホッとする。

「ウェスター様。だって、ティアナが！」

「僕も最初は腹が立ったよ。でも、ティアナの新聞掲載はこれが最初で最後だ。今回は、心の広い僕達が譲ってあげてもいいんじゃないかな」

「ウェスター様は、いつもお優しいわ。でも、許せないの。医療大国として名高いファルマの王と、並んで写っているなんて。もう貴族ではないというのに図々しい」

「ファルマの王を気にするね。もしかして、ファルマの王を好きになったのかい？」

「まさか！　私にはウェスター様がおりますもの」

「本当に？　僕は心配だよ。ファルマの王は、男の僕から見てもカッコイイからね」

「ウェスター様の方が数千倍カッコイイですわ。あなた以上にカッコイイ人なんて、この世におりませんもの。ただ、あの女が目障りなだけです。庶民のくせに、ファルマの王と並ぶなんて分不相応ですわ。あぁ、苛々する」

腕を伸ばして彼をきつく抱きしめれば、彼は私の髪を梳くように撫でてくれた。

「ファルマの王は、ティアナに懇願されて、仕方がなく一緒に写っているんじゃないかな。そうでなければ、ティアナと一緒に写る理由がない」

「そうかもしれませんわね。さすがウェスター様ですわ。気分がすっきりしました」

「良かった。君にいつもの笑顔が戻って」

「そうだわ！　ドレスのデザイン画が数点届きましたの。選ぶのを手伝ってくださいますか？」

「もちろんだよ」

ウェスター様の言う通り、没落した伯爵家の令嬢なんてファルマの王が相手にするわけないだろう。

私にあんな啖呵を切っておきながら、何もできないに違いない。

エタセルなんて聞いたことのないような弱小国では、たいしたことなどできないんだもの。

第三章

「茶葉がなくなりそうだから、これは絶対に必要ね。あとは、食材……でも私、料理がほとんどできないからなぁ……」

いま、私はエタセルの王都ノーザンの商店街で買い物をしている。

ハーブ問題が解決したあと、引き続き商会の仕事を手伝っているうちに、エタセルでの暮らしにも慣れてきた。

少し余裕が出た私は、自立した人間になろう！　と一人暮らしを始めたのだった。

商会からほど近い空き家を借りたため、通勤にも便利。

しかも畑つきなので、家庭菜園を作るのも可能だ。

少し前に、ライに手紙で一人暮らしのことを報告したところ、「新居にお邪魔したい」という返事が来た。

彼は今日エタセルに到着する予定。

そのため私は、ライを歓迎するための買い出しにやってきたのだ。

「本当、雰囲気が明るくなって良かったわ」

王都のメイン通りは、人々の活気に満ち溢れていた。

往来する人々も生き生きとした様子で、笑みを浮かべている。

初めてお兄様と訪れた時とは、随分違う。

きっと国が良い方向に進んでいるからだろう。

長年、エタセルの民が頭を悩ませていたハーブの売買の問題。

それが解消された。いまは悪徳仲介業者はいなくなったし、ファルマとの取引も順調だ。それを機に、他国からも取引したいという声が多数上がるようになった。

私の次なる目標は、エタセルに新しい雇用を生むこと。

ハーブの生産者だけでなく、みんなが幸せになってほしい。

そのために何か策を練りたいんだけど、何をしたらいいかわからず頭を悩ませている。

――ライに相談したいなぁ。

私は、ライのことをすごく頼りにしている。

ハーブの取引を持ちかけた時にも、ライの力を借りた。あの時、ライがいなかったらエタセルのハーブ問題を解決することはできなかったと思う。

「ティアナ様ーっ！」

「ん？」

そんなことを考えながらぼんやり歩いていると、突然自分の名前を呼ばれた。

パッと振り返った先には、果物屋がある。その店先で、人懐っこい笑みを浮かべたおばさんがこちらに向かって手を振っていた。彼女は、クリーム色のワンピースにお店の名前が刺繍（ししゅう）されたエプロンをつけている。

お店の名前にもおばさんの顔にも覚えがなかったのだけれど、私は歩を進めて彼女のもとへ向かった。

「こんにちは」

挨拶（あいさつ）すると、おばさんはにこにこ笑いながら口を開く。

「こんにちは、ティアナ様。急にごめんよ。ハーブの件を聞いてね、お礼を言いたかったんだ。ありがとう。今日は買い物かい？」

「はい。友人が来てくれる予定なんです」

「そうかい。なら、ちょうど良かった。これを持っていっておくれ」

おばさんは店先に並べられている果物をどんどん紙袋に詰めて、私に差し出してくれた。

私はためらいながらそれを受け取る。

「えっ⁉　あの、これは……お代はいくらですか？」

混乱しながら尋ねると、おばさんはにっこり笑って言った。

「いいんだよ。お礼だから」

「お礼、ですか……？」

「そうさ。ティアナ様のおかげで、みんなの生活が劇的に変わったんだ。見てごらんよ、みんな生き生きとしている」

「ですが……それは、私だけの力ではありませんし……やはり、お金を……」

「ティアナ様からは、お金なんて受け取れないよ。いいから、いいから。ほんの気持ちなんだ。友達と食べてちょうだいな」

おばさんは穏やかな笑みを浮かべると、私に紙袋を押しつけた。

こういう風に、見知らぬ人からお礼の品をもらうのは、今回が初めてではない。ありがたいことに、時々、商会の方にもお礼の品を持ってきてくれる人達がいる。

一人暮らしの私ではとても食べきれない量をもらうこともあり、その時は気持ちだけを受け取って、エタセルの孤児院などにおすそ分けをしていた。

「ありがとうございます。今度、果物を買いに来ますね」

私はおばさんにお礼を告げて、果物屋をあとにする。

山盛りの果物が入った紙袋を眺めながら、リムスの屋敷でよくフルーツケーキを食べていたなぁと思い出した。

季節の花が咲き誇る屋敷の庭で、料理長が作ってくれたケーキを家族みんなで食べたのだ。

「懐かしいなぁ。まだそんなに昔のことでもないのに」

――お父様とお母様は、どうしているだろう？　それに、リムスはいま、どうなっているのかな。

新聞で記事を探しても、情報はなかなか集まらない。

民が苦しむような方向に、事態が進んでいませんように……。

心の中でそんなことを願いながら歩いていると、賑（にぎ）やかな人々の声に交じり、聞き覚えのある声が耳に入ってきた。

「羊肉を二百グラム、ひき肉を三百グラムください」

「おう！　兄ちゃん、いっぱい買ってくれたからハムをサービスしておくよ」

「ありがとうございます。ハムは朝食に使わせてもらいます」

……見間違いだろうか。

前方の肉屋で、変装したライが買い物をしているように見える。彼の傍には、荷物を積んだ毛並みの良い馬の姿もあった。

思わず凝視していると、ライがこちらに顔を向ける。

「ティア……？」

彼は二、三回ほど瞬きをした。

「もしかして、ティアも買い物中だった？」

「うん。ライもみたいだね。びっくりしたよ。予定の到着時間より早いから」

「買い物をしてからティアの家に行く予定だったからな」

「長旅で疲れていない？」

「俺は平気。ティアも元気そうで良かった。顔色も良いし。一人暮らしを始めたって聞いてから、心配で仕方がなかったんだ。家事をするのにも慣れていないだろう？　ちゃんと食事と睡眠は取ってる？　ティア、猪突猛進タイプだし」

「ライは、本当に私のことをよく見てるよね。料理は全然できないから勉強したいんだけど、商会の仕事が忙しくて、なかなか……だから、食事はほとんど外食。それでも、なんとかやってるよ。ここから少し先にある、猫のしっぽ亭でよく食べているの。すごく料理がおいしいんだ。シグノを覚えている？　彼の実家なの」

「シグノって、エタセルの騎士団長だったよな」

「うん。彼も料理が上手で、たまに家に来て料理を作ってくれるよ」

「ティアの家に……？」

ライの表情が曇ったため、私は首を傾げる。

何か彼の癇に障るようなことを言ってしまっただろうか。

「……他には、誰か来る？」

「レイも時々来るかな。料理を作ってくれたりするよ。あとは、お兄様」

「……今日、来て良かったよ。そういえば、コルは？」

「コルはカラス仲間のところ。日中は遊びに行って、夕方に家に戻ってくるの。だから夕方には会えるはず。ライに会ったら、きっとコルが喜ぶよ」

「ティアは？」

「もちろん、嬉しいよ」

「そう、良かった」

ライがふわりと微笑んだ瞬間、肉屋の店員さんが声をかけてくる。彼が注文したお肉の用意ができたみたい。

ライは紙に包まれたお肉を受け取り、店員さんにお金を渡す。

普通に買い物をしているけれども、彼の正体を知っている私からしてみれば、すごい光景だ。だって、一国の王様が他国の精肉店で買い物をしているんだもの。

「お肉、いっぱい買ったね」

「あぁ。ティアの家に泊めてもらうから、食事は俺が全部作ろうと思って」

ライがエタセルに滞在している期間中は、うちに泊まることになっている。

お兄様も、仕事が終わったあとに泊まりに来てくれる予定だ。

「いいよ、気にしなくても。というか、ライって料理作れるの？」

「凝ったものは作れないけどな。普通の家庭料理なら人並みに。アクオ地方で生活していた時は、なんでも自分でやらなければならなかったからな。俺も妹も家事は一通りできるよ」

アクオ地方で生活していた時というのは、彼が廃太子として追放されていた時期のことらしい。

ライは過去のことをあまり語らないけれど、きっと彼も色々と乗り越えて王になったのだろう。

……それにしても、政治能力だけじゃなく家事能力まで高い国王だなんて、完璧すぎる。ライに弱点はあるのだろうか。全く想像ができない。

「俺の買い物は終わったんだけど、ティアは？」

「夕食の食材を買おうと思ったんだけど、ライが買ってくれたなら大丈夫かも。あっ、でもお茶を買わなきゃ！」

「じゃあ、お茶を買いに行こう。そのあと、ティアの家に案内してもらってもいいか？」

「もちろん」

私は彼に向かって微笑むと、大きく頷いた。


ライと一緒に買い物をしたあと、私は自宅に向かった。

うちには馬小屋がないから、ライが乗ってきた馬は、ご近所で馬を飼っているお宅で預かってもらうことにする。

馬が積んでいた荷物を二人で持ち、家へ向かう。

私の家は、王都の中心地から徒歩十五分くらいの距離にある。

「ここがティアの家か。大きいな」

ライは二階建ての建物を眺めながら言った。

壁面はクリーム色で、緑色の扉が良いアクセントになっている。窓の木枠も同じ緑色。

屋根は、雪が積もらないように傾斜の大きい三角屋根だ。

敷地も広くて周りには木々が植えられていて、コルがよく友達とその木の上で遊んでいる。

「商会から距離が近かったから、すぐに決めちゃったんだ。前の住人は家族五人で住んでいたんだって。だから一人で暮らすには、部屋数が多いんだよね。一階はキッチンやリビングになっていて、二階は寝室と空き部屋が二部屋あるよ」

空き部屋は客室代わりに使ったり、物置として使ったり……でも、ちょっともったいないよね。

「あ、ほら、家の横を見て。ここ、畑つきなの」

「家の横……」

ライは建物の右側に向かって歩いていき、家庭菜園コーナーを見てくれる。いまはいただいたハーブや野菜の苗を植えていた。

これらが上手く育ったら、料理やお茶にハーブを活用したい。畑から取ってきたもので作れば、新鮮だしね。

……まぁ、その前に料理を覚えなくちゃいけないんだけど。

「エタセルはハーブが有名だから、私も植えてみたの」

「ペパーミントか」

「そうなの！　商会でペパーミントティーを淹れてもらったら、すごくおいしくて。いまハマっているんだ。いっぱい飲みたいなぁって」

「できれば、ペパーミントと他の植物を分けて植えた方が良いかも。ペパーミントはとても繁殖力が強いんだ。どんどん広がって他の植物を侵食していくよ」

「え」

私はじっとペパーミントを凝視する。

まさか、そんなに強力だったとは……

他の植物や野菜も植えているので、それはちょっと困る。

「ペパーミントは鉢植えの方が良いな。あとで植え替えておくよ。他にも、繁殖力が高そうなハーブがあるか見ておく。根を放置しているだけで、ずっと繁殖するやつもあるし」

「ありがとう、助かる」

ライにお礼を告げてから玄関へ向かい、解錠して扉を開けた。

私は、さっそくライを室内へ案内する。広々としたリビング兼ダイニングの右手には、キッチン。その奥には扉があって、そこは浴室に繋がっている。浴室の横には、二階へと通じる階段があった。

「長旅で疲れたでしょう。さぁ、ゆっくり休んで」

「ありがとう。ティアも荷物重くなかった？」

「平気だよ。重いのはライが持ってくれたから。荷物は一旦テーブルの上に置くね」

私が運んだのは、小さめの鞄だけ。ライが手にしていたのは、パンパンに膨れている二つの鞄と、商店街で購入した品物だ。

ライはさっそく鞄を開けて、中から木箱などを取り出し始める。

「一人暮らしに必要そうなものを持ってきたんだ。ティアの家は救急箱とかある？　一応、持ってきたんだけど」

「言われてみれば、ないや」

「持ってきて良かった。一通り薬も入れておいたし、消毒液なんかも入っているから使ってくれ」

「ありがとう！」

「薬箱と一緒に、ティアとリストへのお土産も持ってきた。ファルマの石鹸だよ」

「もしかして、ハーブが入っているやつ？」

「そう。石鹸や入浴剤は手作りすることも多いんだけど、今回はお店で買ったお土産用の品にしたよ。結構人気なんだ」

ライが差し出してくれた掌サイズの紙袋を、「ありがとう」と言って受け取る。

植物の蔓が描かれた紙袋からは、フローラルな香りと共に、フルーツの優しく甘い匂いがほんのり漂う。

「良い香り。ファルマの人達は、本当にハーブの利用方法が上手なのね」

「古くから、暮らしの中にハーブがあったからな。エタセルもハーブの生産地の一つだから、こっちにも独自のハーブ利用法があるんじゃないか」

「エタセル独自の、ハーブ利用法……？」

「あぁ」

確かに、エタセルはハーブの名産地。そういう独自の何かがあるかもしれない。もしなかったとしても、それをヒントに新しい商品を作ることができそうだ。原材料は全てエタセル産のものにしたらいいよね。

――うん、いいかも！　香水なんてどうかな。もしくは、ファルマと同じように石鹸？

ハーブに詳しい人に話を聞いて、アイディアを出し合った方が良いかもしれない。私だけではどうしても考えが偏ってしまう。

「ティア？」

私が急に黙り込んだからか、ライが不思議そうにこちらを見つめている。

「ねぇ、ライ。ファルマでハーブに詳しい人っているかな？　いまね、商会でエタセルならではの新商品を作りたいって考えていたの。もちろん、エタセルの人達にも聞いてみるわ。でも、ファルマはハーブと暮らしが密接だから、より詳しそうだなぁって」

「いいよ。何人か心当たりがある。紹介するよ」

「ありがとう！」

私は嬉しさのあまり、彼にぎゅっと抱きついた。

一瞬、彼の体が強張（こわば）った気がしたけれど、すぐに緩んで私の背中に彼の手が回される。

「何かに挑戦しようとする時、ティアはすごく生き生きするな。そういうところが好きだよ」

「えっ⁉」

顔を上げると、ライの真剣な瞳にぶつかる。頬が熱くなるのを感じた。

……彼が好きだと言ってくれているのは、性格のことだろうか。

それとも私自身のこと——？

心臓が暴れ出す中、彼に確認しようとした瞬間。

玄関をノックする音と共に、「ティア、帰ってきているかい？」というお兄様の声が響く。

「お、お兄様っ⁉」

「リストだな。仕事が終わったのかな？」

ライは私から身を離して、玄関の方へ向かう。

——彼の背中を見ながら、私はなかなか鎮まらない胸を押さえたのだった。


二か月後。

私は、商会の執務室で久しぶりにライから届いた手紙を読んでいた。

私も商会の業務で忙しいけれど、彼も王としてとても大変な日々を送っているようだ。

窓際に置かれた一人掛けソファに腰かけ、文面に目を走らせる。

ハーブに詳しい人を紹介してほしいと頼んでいた件についての返事が記されていた。

ライが紹介できる人物のリストが同封されている。

紹介された人達の名前と簡単な経歴が書かれている中、私が気になったのは、メディ・リカルスト様。

——ライの妹だ。

「メディ様にお願いしたいわ」

年齢は、私と同じ十七歳。

十三歳の時に薬草師として最高位の称号「ノーリ」を史上最年少で手に入れたみたい。

加えて、薬草師であると同時に治癒魔術師でもある。

二年前までは公務をこなしていたみたいだけれど、現在は体調不調で療養中。

……というのは表向きの話で、実は貴族令嬢達からいびられて心身共に疲弊し、部屋に引きこもっているという噂もある。

「お手紙ではなく、直接お会いしてお願いした方が良いわよね」

私は立ち上がると、自分のスケジュールを確認するため執務机に向かう。とその時、部屋をノックする音が響いた。

返事をして扉をそっと開けると、そこにはお兄様とシグノの姿があった。

「おーい、本棚を解体しに来てやったぞ」

シグノはそう言いながら、手にしていた道具箱を掲げる。

「二人とも、わざわざありがとう！　さぁ、どうぞ」

私は二人を部屋の中へ促す。

実はつい先日、この執務室に置かれた本棚が壊れてしまったのだ。

もともと家具類は屋敷に備えつけられていたものをそのまま使用していたんだけど、老朽化していたみたい。本を支えていた板が割れてしまった。

板だけを直してそのまま使おうとしたところ、よくよく見れば、腐食している箇所も発見。

だから古い本棚を解体して廃棄し、新しい本棚を設置することにしたのだ。

この間、お兄様とシグノとお茶をした時にこの話をしたら、解体作業を申し出てくれたので、ありがたくお願いすることに。

「あっちの奥にある本棚なの」

「よし、じゃあさっそくやるか。解体しやすいように本棚を動かすぞ」

「了解」

お兄様とシグノは、作業を始める。

「手前にズラしたいから前に動かすぞ」

「わかった」

二人はそれぞれ屈み込み、本棚を持ち上げた。棚に並んでいた本は全て移動させてあるから空だけど、しっかりした造りの棚は結構重そうだ。

鍛(きた)えているシグノに対し、お兄様は思いっ切り頭脳派タイプ。

お兄様の方を手伝おうかと傍に移動したところ、本棚の陰に妙なものが見えた。

思わずその場で立ち止まり、じっとそこを見つめる。二人が本棚を移動させていくと、やがてそれは現れた。

「えっ……」

私の口から間の抜けた声が漏れる。

「おい、どうした？」

「ティア？」

本棚の移動を終えたお兄様達が、首を傾げながら私の方へとやってくる。

「あれを見て。隠し扉があるわ」

「おい、マジか。金塊とか眠っているんじゃゃね？　ここ、貴族が住んでた屋敷だろ？」

「やっぱりシグノもそう思うわよね。お宝の匂いがするわ」

隠し扉を発見した私とシグノはテンションが上がり、ハイタッチする。だが、お兄様はそんな私とシグノを目にしても冷静だった。

腕を組みながら、観察するように扉を見ている。

「普通、お金や宝飾品などの貴重品は金庫に隠すよ。大抵こういうものは、表に出せない訳ありの何かを隠していると思う。お金なら良いけど、武器だったら危険だ。開けるのは、もう少し調べてからの方が良い」

そんなお兄様の言葉はスルーして、私はシグノに話しかける。

「とにかく開けてみましょう。中を確認しないとわかりませんわ。ねぇ、シグノ」

「ティアの言う通りだ。けどさ、この扉おかしくね？　取っ手がないぞ。どうやって開けるんだよ」

言われてみれば、扉に取っ手が確認できない。バールのようなものでこじ開けるしかないだろうか。

「どうやって開ければいいのかしら……お宝が目の前にあるかもしれないっていうのに。一攫千金（いっかくせんきん）の大チャンスがっ！」

「ティア。お前、元貴族令嬢だよな？」

シグノは呆れた様子だ。

「私が使うわけではないわ。いま、議会にあがっている、図書館の修繕費に使いたいなぁって」

「あー、図書館もボロくなったもんなぁ」

エタセルの復興には、まだまだお金が必要なのだ。

仕方がない。やっぱりバールを持ってきてこじ開けるか。

そんなことを考えながら扉に近づくと、表面を覆（おお）っているカビや埃（ほこり）の下に、文字のようなものが刻まれていることに気付く。

「……精霊文字だわ」

母方の祖父母が暮らす西大陸では、精霊が信仰されている。この信仰に深く関わっているのが精霊文字で、私とお兄様もそれを読むことができた。

　ワンピースのポケットからハンカチを取り出して扉を拭く。すると、扉はすぐに綺麗になった。

「えっと……七つの星が輝きを増した頃、暁の精霊が世界を唄う。鍵となるのは己自身」

　一字ずつ確認するように指で触れながら、刻まれた文字を読み終えた瞬間。

　扉から真っ白い光が放たれた。強い光が私達の体を包み込む。

　とっさに目を閉じて顔を背けた時、ガチャッという音が耳に届く。

　――鍵が開いた？

　光が弱くなっていくのを感じ、私はゆっくりと瞼を開ける。暗い場所から明るい場所に出た時みたいに、瞼の裏にチカチカと光が走った。

「おい、二人とも大丈夫か？」

「目がチカチカするけど平気だ」

「私も問題ありません。どうやら精霊文字が鍵になっていたようですね。扉が開きました」

　私達が見つめる先には、ぽっかりと大きく開いた黒い入り口。トンネルの入り口のように、先が全く窺えず、不気味さを醸し出している。

「ねぇ、人を呼んできた方が良くないかい？」

「人より明かりだろ」

「どちらも大切ですが、とりあえず確認だけしましょう。地下に続く階段なのか、あるいは部屋なのか」

私は扉の中を覗(のぞ)き込む。だが、どこまでも闇が広がっていて、何も見えない。

――中に入って確認するしかないわね。

右足をゆっくり踏み出して足場を確認すると、靴底が地面につく感覚があった。

「もしかしたら、部屋があるのかもしれません。足がつきます」

振り返ってお兄様達に顔を向ける。お兄様は、顔面蒼白で体を震わせていた。

「ティア、危ないからやめて！」

お兄様は絶叫しながら私のもとへ駆けてきて、私の体を掴んで扉から離す。

「俺が見てくる。この中では一番適任だろ」

お兄様の肩を軽く叩きながら、シグノはそのまま私達の横を通りすぎ、闇の中に足を進めた。

その瞬間、月明かりのような淡い光が灯され、室内の様子が確認できるようになる。

私の執務室くらいの大きさで、広くも狭くもない空間だった。

部屋の中央には、丸テーブルと椅子のセットがぽつんと置かれている。そして壁一面は本棚になっており、ぎっしりと本が収納されていた。

どれくらい放置されていた部屋なのかはわからないが、不思議なことに部屋にはちり一つ落ちていない。埃が積もっている様子もなかった。

「どうして本が？　外にある本棚に収納すれば良かったのに」

「隠さなければならない書物だということだよ」

「隠さなければならないって、昔エタセルで焚書（ふんしょ）でもあったのですか？」

「そこまではわからないいなぁ。ただ、何かしらの理由はあるだろうね」

お兄様は表情を引き締めると、棚から本を取り出す。

「……読めないな」

お兄様は本の表紙を見ながら呟いた。

「僕にはこの文字が読めない。ただ、植物に関する内容だろうね。挿絵に、花や草の絵が描かれている」

「どんな感じの本ですか？」

そう言いながらお兄様が手にしている本を覗き込むと、カラフルなイラストが描かれていた。幼い頃、私が描いたお絵描きみたいな色彩だ。

見たこともない文字で記されていて、解読不能。

「気味が悪いな。フラスコに人間が入っている絵じゃないか」

「マンドラゴラっぽいのもありますわね」

お兄様は本棚に視線を移し、いくつかの書籍を取り出して確認していく。

「装丁に植物の絵が描かれているものが多いね。精霊に関する書物もあるみたいだ」

この大量の本、どうしたらいいのだろう。

お兄様に顔を向けると、顎に手を添えて何やら思案していた。

「どうなさいますか？　お兄様」

「……とにかく一度、レイガルド様に報告をしよう」

「それが最良ですね」

「装丁に精霊が描かれているものは、西大陸に住む人に意見を仰ぐのが良さそうですね。植物学は、誰に伺うのが良いでしょうか？」

私が首を傾げると、お兄様がすぐに答えた。

「植物学ならファルマだろうね。メディ様達がいる」

「メディ？」

シグノが首を傾げたので、私は説明する。

「ファルマの国王――ライの妹君よ。薬草師として最高位の称号を持っているの。薬草に詳しいから、きっと植物学にも詳しいわ」

「じゃあ、そいつに見てもらえば本の内容もわかるのか？」

「少なくとも、僕達より詳しいと思うよ。とにかくレイガルド様への報告が先だ。城へ使いを出そう」

お兄様の言葉に、私達は頷いた。

レイに隠し扉と本棚のことを報告した結果、本を分類し、それぞれ専門家に内容の確認をお願いすることとなった。

けれど、エタセルにはそれらの専門家がいない。

そこで、西大陸から精霊に詳しい人を派遣してもらえるよう依頼し、植物系はファルマにお願いすることにした。

ざっと見ても数百冊はあったから、かなり時間がかかるだろう。

もともと、メディ様にはエタセルのハーブ産業に関する相談をしたいと思っていた。本を数冊ほど持参して、私がファルマに向かおう。

さっそくライへ手紙を出してみると、しばらくして返事が来た。こちらのお願いを快諾してくれた上に、数日後に馬車を手配してくれたみたい。

こうして私はファルマの城へやってきた。

「相変わらず存在感がすごい！　一人だと絶対に迷子になるわ」

私は馬車を降りて、城門の前でそびえ立つ城を眺めながら呟く。

「ティアナ様、お荷物を運びますよ」

門番の騎士達が声をかけてくれた。

とその時、「ティア！」という聞き覚えのある声が聞こえてきた。

「出迎えが遅れて悪い」

城に繋がる階段から駆けてきたのは、ライだ。

彼は私と視線が合うと、目尻を下げて微笑む。

「ううん。私が早く着いちゃったから。突然のお願いだったのに、ありがとう」

「ティアナ嬢の訪問なら、ライナスはいつでも大歓迎だから気にするな」

ライの背後から聞こえてきたのは、野太い声。ファルマの宰相であるマオスト様だ。

彼の傍には侍女など使用人の姿もある。

「長旅で疲れただろ？　ライナスと茶でも飲んでゆっくりくつろいでくれ。荷物は部屋に運んでおくからさ」

「荷物は自分で運びますよ。エタセルまで馬車を手配してもらった上に、城に泊まらせてもらうので」

「そんなの気にしなくていいよ。俺だって、前にティアの家に泊めてもらっただろう」

「「「泊まったっ⁉」」」

マオスト様や、荷物を運ぼうとしてくれている城仕えの人々が一斉に声を上げる。

……やっぱり、一国の王を民家に泊めたのはマズかった？

しかも、家事までしてくれた上、料理能力が皆無な私とお兄様のために朝食まで作ってくれた。

「ティアナ嬢って一人暮らしだったよな。ライナス、まさかのお泊まり経験済みだったのか」

「泊まったけど、リストも一緒にいたから」

興奮気味なマオスト様とは対照的に、ライは静かな声で答える。そして「早く荷物を部屋に運んでくれ」と使用人に指示を出し始めたのだった。

大国ともあって、ファルマ城の廊下には豪華な調度品が並んでいる。

壁に飾られている絵画一つ取っても、額縁だけでかなりの価値がありそう。職人技を感じる丁寧な細工が施（ほどこ）されている。

思わずあたりを見回してしまう私とは違い、隣を歩くライは落ち着いた様子だった。

いま、私達がいるこの場所は、王族の部屋が並んでいるところみたい。身分を証明されて許可を得た人以外、立ち入ることができないらしい。

「メディ様、気に入ってくれると嬉しいなぁ」

私は、手にしているリボンの結ばれた紙袋へと視線を向ける。

日持ちがするお菓子と、エタセルにしか生息していないハーブ類が入っている。

「メディは薬草の研究をするのが好きだから、きっと気に入るよ」

ライが微笑みながら言ってくれたので、ちょっとホッとする。

「見てもらいたい植物学の本と一緒に、医学書らしきものも持ってきたんだけど、あとで見てくれる？」

「いいよ。しかし、隠し扉の中は書庫だったとは。どんな経緯で隠さなければならなくなったのかが気になるよな。精霊関係の本もあったんだろ？」

「うん。数が多いから、まだエタセル側でも全部を分類できていないの。少しずつ解明していこうって……」

「俺も手伝えることは手伝うよ」

「ありがとう」

二人でおしゃべりしながら廊下を歩いていると、「ここ」とライが足を止める。

私達の前にはダークブラウンの扉があり、その表面には木の枝で休んでいる二羽の小鳥が彫られていた。

中からは、人の気配が全く感じられず、物音一つしない。

「メディ」

ライがノックをして呼びかけると、弱々しい返事があった。

「……はい」

「エタセルから、メディに会いたいと来てくれた人がいるんだ。リムス王国のリストを覚えているか？　彼の妹、ティアがここに来ている。メディさえ良ければ話をしたいそうだ」

「わ、私とですか……？」

「あぁ。無理なら断ってもいいよ」

ライの言葉に、メディ様は考えているようだ。しばらく沈黙が続く。

それほど長い時間ではなかったけれど、私にとってはすごく長く感じた。

「……このままでも良いですか？　部屋から出るのが怖いのです」

メディ様の返事を聞き、ライが私の顔を見つめてくる。私は「このままで構いません。

ありがとうございます」と答えた。

――良かった。話を聞いてくれるみたいだわ。

私はホッと安堵の息を漏らし、扉の向こうに話しかける。

「初めまして。突然押しかけてしまって申し訳ありません。私、ティアナと申します。突然のお願いで恐縮ですが、メディ様の力を貸していただけませんか？　エタセルで、ハーブを利用した新製品を開発したいと考えているんです。お給料もきちんとお支払いいたします。もしエタセルまで来ていただけるようなら、居住用の屋敷もこちらで手配いたしますし……それから、実はもう一つお願いがありまして、メディ様に見ていただきたい本があるんです。エタセルのハーブ商会で、隠し扉から本が発見されたんです。植物学に関する本なので、薬草に詳しいメディ様なら何かわかるのではないかと……」

「……植物学に詳しい人は他にもいます。私なんかでは役に立ちません……」

「そんなことありませんよ。メディ様は薬学の知識が豊富で、薬草師の最高位の称号を最年少で得たと聞いております。すばらしいことです」

「称号を持っていても、あの人達の前では無意味でした。私は何もできないんです！」

いきなり感情的に叫ばれて、私は固まってしまう。

――もしかして、「あの人達」というのは、メディ様をいびっていた貴族令嬢達のことかしら？

「あの……それは、メディ様にひどいことをした貴族令嬢達のことですか？　彼女達はひどい人間だと思いますが、そういった人達ばかりじゃありません。世の中、そんなに腐ったもんじゃないと思います……もちろん、腐っている人間もいますけど。そういうやつらは、叩き潰せば良いんですよ！」

「た、た、叩き潰す……っ⁉」

動揺するメディ様の台詞(せりふ)に対して、私は頷く。

「私、メディ様が復讐するなら手伝いますよ」

「はいっ⁉」

扉の中から裏返った声が響いた。

「私、婚約破棄された上に、無実の罪で国外追放になったんです。しかも、元婚約者とその新しい恋人である王女から、結婚式の招待状まで渡されました」

「……え」

「だから、元婚約者と王女を見返すために、私は力をつけるって決めたんです。メディ様も、エタセルで心機一転、新しい生活をしてみませんか？　エタセルは自然豊かで良いところですよ」

身振り手振りで説得しようとしたところ、手にしていたものが落ちそうになった。

メディ様へのお土産と、布に包まれた数冊の本だ。例の隠し扉で見つかったものである。

布で包んだ本がするりと落下しそうになった瞬間、ライが見事それをキャッチしてくれた。

「よ、良かった……」

「ねぇ、ティア。もしかして、この本をメディに見てもらいたかったのか？」

「ええ、そうよ」

ライはじっと本を凝視し、ページをめくり始める。

「ティア。これは『ライツ手稿』と呼ばれるものだ」

「『ライツ手稿』!? まさか、そんなお兄様っ！」

叫び声と共に、目の前の扉がバンッと乱暴に開かれた。

現れたのは、紺碧(こんぺき)のローブをまとった少女。

ふっくらとした輪郭(りんかく)を持った少女は、ライと似た雰囲気の色の瞳と髪を持っている。

でも、ライより彼女の方が薄めの色だ。

少女はライが手にしている本をパッと取り上げ、装丁を確認し始める。

「他の文献や口伝(くでん)のままだわ。色彩豊かな挿絵に、この世界のどこにも存在していない

文字。まさか、本当にあるなんて！」

もしかしなくとも、この少女が――

「メ、メディ様……？」

なかなか状況についていけないけど、私はとりあえず彼女の名前を呼んでみる。

すると、彼女と視線が交わった。

「この本をどこで？」

「エタセルのハーブ商会の執務室で見つかった、隠し部屋からです。他にも色々な本が見つかっていますわ。もしかして、それは希少な本なのですか？」

「希少どころではありません。これは――」

メディ様の言葉は途中で遮（さえぎ）られてしまう。ライが彼女を後ろから抱きしめたからだ。

「久しぶりだな、メディ」

ライの震える声が響き、メディ様の瞳が大きく揺れ動いた。


私達は場所を移し、話をすることになった。

いまはライの私室で、円卓を囲んで座っている。

テーブルの上には、ティーセットと茶菓子。

人払いをしてあるから、ここには誰も近づけない。
衣擦れの音すら響き渡りそうなくらい、室内は静寂に包まれている。
何か言葉を発した方が良いか悩んでいると、その静寂を破った人がいた。
メディ様だ。
「……お兄様、いままでごめんなさい」
「メディが謝る必要はどこにもないよ。とにかく、顔が見られて良かった」
ライは本当に嬉しいんだろうなぁ。私でもそうわかるくらいの笑みを浮かべている。
メディ様はフードを深くかぶり、俯いているから表情が窺えない。
「えっと……私、席を外した方が……？」
扉越しではなく対面しての、久しぶりの兄妹の再会だ。
気を利かせたつもりだったけれど、「ここにいてほしい」と二人の声が重なったので、
私は椅子から浮かせた腰をふたたび落ち着けた。
「お聞きしてもよろしいですか？　さっきメディ様がおっしゃっていた『ライツ手稿』
というのは、一体？」
「存在自体が疑われていた、錬金術の書物だよ。口伝や書物にその名は残されているん
だけど、発見されていなかったんだ。ティアがあっさり持ってきたけどね」

「本物なの？」

「なんとも言えないな。原本なのか写本なのか、はたまた偽物なのか」

ライの言葉に、メディ様も頷きながら口を開く。

「とにかく調べてみなければ……ただ、隠し部屋で厳重に保管されていたのが気になります。人目を避けるようにして収蔵されていたということは、本物の可能性も高いかと」

「他の本も気になるな。表に出せない何かしらの理由があるのかもしれない」

やはり、メディ様は隠し扉の本の謎を解明してくれそう。先ほどは断られてしまったけれど、私は気を取り直してメディ様に尋ねる。

「あの、メディ様。先ほどのエタセルの件なのですが、いかがでしょうか……？」

いまのうちに、聞いておいた方が良いよね。

メディ様は私の問いに対し、ライの方へと瞳を動かす。

「俺や周りのことは気にせずに、メディが決めていいんだ。決められないなら、決められないでもいい」

メディ様はためらうような仕草を見せてから、ゆっくりと口を開いた。

「……こ、怖いです。外が。また、みんなが自分のことを悪く言うと思ってしまって」

私は、メディ様をいびったという貴族令嬢達に対して苛立ち（いらだ）ちを覚えた。こうして人の人生を変えるくらい、いびるなんて最低だ。

「……でも、いまは……エタセルに行き、本の確認もしたいです。そして、私で役に立つならば、ティアナ様のお手伝いをしたいと考えております。お兄様、許してくださいますか……？」

メディ様は弱々しく、いまにも泣きそうな声でライに問う。

すると、ライは寂しそうに微笑んだ。

「寂しいが、メディの気持ちを尊重するよ」

ライは立ち上がると彼女を抱きしめた。メディ様も、腕を伸ばして抱きしめ返す。

「いつもごめんなさい……迷惑しかかけていなくて……」

「可愛い妹のことを、迷惑だなんて感じるわけがないだろ」

二人とも、声が震えている。

――二人が顔を合わせることができて良かったわ。

ライとメディ様の兄妹を見ていると、なんだか急に私もお兄様に会いたくなってしまった。

メディ様のエタセル行きが決まったあと、私は一週間ほどファルマで過ごした。

それから、私はメディ様を連れてファルマを出国。

ライはメディ様をエタセルまで送り届けたいようだったが、忙しいだろうからとメディ様が断っていた。それならせめてと、彼女の新生活のお祝いも兼ね、エタセルに引っ越すにあたって必要な家具類は全てライが用意してくれた。

それから馬車に揺られて、エタセルに到着した私達。

メディ様の住む家をどうするか、レイやお兄様も交えて考えた結果、彼女は私の家で暮らすこととなった。

メディ様はエタセルを訪れるのも初めてなので、暮らすとなるともっと不安があるだろう。

そのため、身近に知っている人がいた方が良いだろうという話になったのだ。

メディ様は、魔力を多く保持していて、様々な魔法を使える。

家具類は、彼女の魔法でラクラク設置することができたので、引っ越し作業は二人だけで済ませることができた。

「完成ーっ！」

「ありがとうございます、ティアナ様。とても可愛らしい部屋になりました」

私とメディ様は、二人並んで部屋を眺める。

窓には、レースがついた爽（さわ）やかなレモンイエローのカーテンをかけ、その近くにはふかふかで真っ白なベッド。他には、黒檀（こくたん）色の机と、難しそうな本が収納された本棚を設置した。

どの家具も、すごく素敵。

「ライってセンスが良いですよね」

「はい！」

ローブを羽織（はお）ったメディ様は、嬉しそうに頷く。

以前はドレスを着用していたそうなのだが、引きこもり生活で運動量が減り、体重が増加したみたい。それが気になって、ゆったりとしたワンピースの上からローブを羽（は）織（お）っているそうだ。

「ティアナ様。色々お手伝いしてくださり、ありがとうございました」

「いえいえ。私、様をつけられるようなえらい人間ではないので、どうかティアと呼んでください。同じ年ですし。家族や親しい人達はそう呼んでくださるんですよ。もちろん、ライも」

「お兄様もですか？　そういえば、確かにティアと呼んでいましたね。では、私のことはメディとお呼びください」

そう言って、メディ様――改めメディが微笑む。

笑った時に目尻が下がるのは、ライに似ている。やっぱり兄と妹なんだなぁ。

「じゃあ、メディ。作業も終わったのでお茶にしましょう」

「はい、ティア」

私達はなんだかくすぐったくて、顔を見合わせて笑った。

メディとの同居生活が始まって、しばらくが経った。

彼女は本の調査をしながら、エタセル城の薬草師達に薬草学を教えたり、町の人達の怪我を診(み)てくれたりしている。メディはとても優しく治療してくれるし、薬もよく効くと大人気だ。

外へと出るようになった彼女は運動量が増え、少しずつ体のシルエットが変わってきている。メンタル面でも変化があったようで、顔見知りの人と会う時はフードをかぶらなくても平気になった。

彼女との同居生活は、私にとっても良いことがあった。

料理上手なメディを手伝ううちに、少しずつ料理を覚え始めたのだ。加えて、畑の野菜やハーブの育て方も教えてもらっている。

今日も、私はメディと二人でキッチンに立っていた。

「どうかな？」

隣に立つメディに声をかけると、彼女は満面の笑みを浮かべて拍手をしてくれた。

私の目の前には、お弁当箱が置かれている。メディに見てもらいながら、お兄様に日頃の感謝を込めて、お弁当を作ったのだ。

中身は、サラダと魚の香草焼きに、ハーブソースが決め手の野菜と挽き肉炒めを挟んだパン。

「リストお兄様、きっと喜ぶわ」

メディが優しくそう言ってくれる。メディはお兄様のことをとても慕ってくれているようで、『リストお兄様』と呼んでいる。

「ほんと？　そうだと嬉しいなぁ」

「さぁ、お弁当が温かいうちに、お城へ届けに行きましょう」

「うん」

私が頷いた時だった。玄関扉からノックの音が響いてくる。

「誰だろう？」

「見てきますね」

「ありがとう」

メディにお任せし、私は手を洗うことに。

それからお弁当箱を袋に詰めてリビングに向かうと、女の子二人組がソファに座っていた。二人とも、六、七歳だろうか。

片方の女の子は、スカートから伸びた足に擦り傷があり、大きな瞳からいまにも涙がこぼれそう。

救急箱から消毒液などを出して、メディが治療してあげているようだ。

「ティアナ様、こんにちは！」

怪我をした子を心配そうに見ていた女の子は、私に気付くと元気に挨拶をしてくれた。

「こんにちは。怪我したの？」

「うん。ベーネちゃんが走っていて転んじゃったんだ。それで、メディ様に治してもらおうって。メディ様、怪我治る？」

女の子は心配そうにメディの方を見る。メディは怪我した女の子を治療する手は止めず、優しく答えた。

「ええ、もちろんよ。少し痛むかもしれないけれど、明日には痛みもなくなるわ」

「ありがとう」

治療を終えたメディは、お礼を言った女の子に、にっこり微笑んだ。

女の子達を見送ると、私とメディはお兄様のもとへ向かった。

城のお兄様の執務室を訪れると、彼は目尻を下げながら私達を迎えてくれる。

「どうしたんだい？　二人とも。この時間に来るのは珍しいね。いつもは夕方なのに」

「今日は商会がお休みだったの。それで、お兄様にお弁当を作ってきたのよ」

「ティアが一人で作ったんですよ」

「ティアが、一人で……!?」

お兄様は裏返った声を上げ、私の顔とお弁当箱を交互に見る。

「料理ができるようになったのかい？」

「最近、少しずつですけれども。ちょうどお昼なので、お兄様に持ってきました。是非(ぜひ)、食べてください」

「い、いっ、いただこうかな」

こうして、応接セットのテーブルにつき、お弁当箱を開いたお兄様。

すると、「普通のお弁当だ」という声が聞こえてきた。一体、どんなものをイメージしていたのだろうか。

お兄様はフォークで魚の香草焼きを口元に運び、ゆっくり咀嚼した。そして何度も瞬きをしながら言う。

「食べられるよ、ティア！」

「いまの台詞で、お兄様が何故驚いていたのかわかりましたわ」

料理が苦手な私が作ったということで、色々と心配していたのだろう。

それにしても、感想が「食べられる」って……ちょっと失礼じゃないかしら。

お兄様は、フォークを動かす手を速める。お口に合ったようで、何よりだ。

ニコニコしているお兄様を見つめながら、私はふと心配事を思い出して尋ねる。

「お兄様、いま、リムスがどうなっているかわかりますか？　お父様達からの手紙には、あまり書かれていないので……」

「僕も気になっていたんだよ。だから、近々リムスの様子を見に行ってこようかと思っている。ハーブ問題も一段落ついたしね」

「気を付けてくださいね、お兄様」

「あぁ、ティアもね。無理しないで」

風の噂に聞くリムスの話は、あまり良くないものが多い。私は不安な気持ちを抱えつつ、お兄様の言葉に頷いたのだった。

第四章

オレンジと濃紺（のうこん）がグラデーションになって染まる空の下。私は商会から家までの道を歩いていた。

メディがエタセルに来て四か月が経ち、私達の同居生活も落ち着いてきた。

私とメディは、それぞれ商会の仕事や本の管理をしなければならない。だから、家事は二人で分担している。

最初は簡単なメニューしか作れなかったけれど、一品ずつレパートリーが増えてきた。

もう少し上手になったら、ライに食べてもらおうと思っている。

メディとの生活も商会の仕事も順調なんだけれども、私には大きな心配事があった。

「お兄様、いつ帰ってきてくださるのかしら……？」

私はぽつりと呟く。

お兄様がリムスに潜伏しているお父様達のもとに向かってから、五か月が経過した。

けれども、お兄様はまだ戻ってきていない。

予定ではもう帰っているはずなのに。

連絡もないため、お兄様の身に何かあったのかもしれないと、不安に襲われている。

まさか、リムスで何かが起こっている——？

「ライに相談してみよう」

今日、ライは仕事のために隣国を訪れていて、そのあとうちに来る予定だ。

ライならリムス王国の現状も把握しているかもしれない。

早くライに話を聞かなきゃという思いから、私の歩調が速くなっていく。

うちの前を走る脇道に入ろうとした時、「ティアさま！」と元気な声が後ろから聞こえた。

弾かれるように振り返れば、四、五歳の小さな女の子と二十代くらいの女性の姿があった。女の子はオレンジ色の花を胸に抱えている。

「あっ、こんにちは。ミルちゃんとシーラさん」

彼女達は近所に住む親子だ。

「こんにちは、ティアナ様、いまお帰りですか？　この時間にお会いするのは珍しいですね」

「はい、今日は用事があるので、早めに帰宅することにしたんです」

シーラさんにそう答えてから屈み込み、ミルちゃんと目線を合わせて口を開く。

「ミルちゃん、すごく綺麗なお花を持っているね」

「ティアさまにあげるのーっ！」

ミルちゃんは満面の笑みで、花束を渡してくれた。

「いいの？　ありがとう。シーラさん、これはなんていうお花なんですか？」

「シャーマルという花です。エタセルでは秋を告げる季節花なんですよ」

「シャーマルですか」

花束を受け取ると、ふわりと濃厚な香りが漂ってくる。

薔薇に似ているけれども、どこか甘さも含んでいる気がした。

「ファルマ国にも咲いているのですが、そのあたりでは香水に使用するみたいですよ」

「そうなんですか？　初めて知りました。お花、ありがとうございます。部屋に飾りますね！」

そう言って、私は二人と別れる。

さっそく、家に着いたら花瓶に生けよう。綺麗で良い香りがする花だから、メディも気に入ってくれるかもしれない。ファルマでも咲いているようだし。

そんなことを考えていると、思わず顔が緩んだ。

スピードを上げて歩くと、あっという間に家に到着。見慣れた煙突から煙がもくもくと出ていたり、部屋の明かりがついていたりするのを見ると、心がホッとする。あぁ、家に着いたって。

「ただいま」

玄関の扉を開ければ、「おかえり」と返事をしてくれる。

ライとメディだ。

二人はリビングのソファに座ってお茶を飲んでいるところだったようだけれど、玄関まで来て私を出迎えてくれた。

すると、二人がじっと私の方を見ているのに気付く。

ゴミでもついているのかなぁ、と首を傾げると、ライが口を開いた。

「ティア、その花ってシャーマルだよな」

「うん。さっきご近所の子供にもらったの。そういえば、ファルマでも咲いているって聞いたわ」

そう言うと、メディは眉をひそめて言う。

「ええ、咲いているわ。ねぇ、ティア。シャーマルってリムスには咲いていないよね……？」

「見たことはないわ」

私の返事に、ライとメディは目配せをする。

そしてメディは、私から花を取り上げた。

「ティア、ごめんなさい。念のために花は私の部屋に飾っておくね」

「理由を聞いてもいい？」

わけもなくメディがこんなことをするはずがない。私が聞くと、メディは口を開いた。

「シャーマルは香りが良いから、香水や化粧品に多く使用されるの。でも、時々くしゃみや鼻水などのアレルギー反応が出る人がいるんだ。原因はシャーマルなどの花の香りに含まれている、『レーム』という物質」

「通称、『花匂毒症候群（レームシンドローム）』だ」

ライとメディの解説に、私は深く頷く。

「初めて知ったわ」

「エタセルでもファルマでも、シャーマルは珍しくない。きっとティアにプレゼントしてくれた子は知らなかったんだろうな」

「『花匂毒症候群（レームシンドローム）』ではありませんが、身近な植物でも人によってはアレルギーがあるものもありますわ。カサブランカなどです。気を付けなければなりません」

さすがはファルマ出身の兄妹。植物に詳しい。

私が感心していると、ライが思い出したように口を開く。

「そういえば、リストはリムス王国に行っているんだって？　エタセル城に立ち寄った時に聞いたよ」

「お兄様、リストお兄様ですが……」

メディは私を一瞥してから、不安げな表情を浮かべてライを見る。

「リストがどうしたんだ？」

ライの問いかけに、私は思わずぎゅっと拳を握った。

「お兄様が戻ってこないの。予定ではもうとっくに戻ってきているはずなのに。ねぇ、ライ。リムスのいまの状況ってわかる？　新聞でリムスの情報を確認しているんだけれども、何も報道されていないし……」

「俺が把握している限りだと、あまりリムスの国内情勢は良くない」

ライはぐっと眉間に皺を寄せると、深く息を吐き出す。

「リムス王国はいますごく混乱しているんだ。新法が施行されて、一気に民が負担する税率が上がった。以前の倍近くに。他にも色々と新しい政策を打ち出しているが、全て一般庶民に大きな負担をかけるものばかりだ。民衆の不満が爆発して、いつ暴動が起こっても不思議ではない」

「そんな……」

「暴動にでもなれば負傷者が出る可能性が高い。モンターレ元伯爵達は、暴動が起きるのをなんとか回避するために動いているようだ。リストはもしかしたら、それを手伝っているのかもしれない。近々、時間を見て俺が様子を見に行ってくるよ」

「お兄様、無事よね……?」

「リストなら大丈夫だ」

そう言うと、ライは俯く私の頬を撫でる。そして私を優しく抱きしめると、ポンポンと背を叩いてくれた。

ライに大丈夫って言われると、不思議と本当にそう思える。世界中で一番頼りにしているからかも。

ライの腕の中で、お兄様が無事に帰ってくるよう祈る。

そうしていると、「あっ、あのっ!」とメディの裏返った声が耳に届いた。

私とライがメディへと顔を向けると、顔を真っ赤にした彼女は「お、お花を飾ってきます!」と早口で告げ、階段を上っていった。

メディがどうしてあんな反応をしたのかわからず、二人できょとんとしてしまう。けれど、いまの状況を意識した途端、カーッと顔が熱くなった。慌ててライから身を離す。

「ライ、ご、ごめ……えっ⁉」

バタン、と大きな音を立てて玄関の扉が開く。そこにいた人を見て、私は言葉を続けられなかった。

「お兄様！」

扉に凭れるようにして立つ彼は肩で大きく息をしており、その表情は強張っている。

私達がお兄様のもとへ駆け寄ると同時に、彼はその場に崩れてしまった。

「ティア、水を持ってきて」

「うん」

私はライに言われるがまま、すぐにキッチンへと向かい、グラスに水を注ぐ。すると、階段を慌ただしく下りる音が聞こえてきた。何事かとメディが顔を出し、目を見開く。

「リストお兄様！」

「メディ、ちょっと手伝って。リストを部屋の中に入れたい」

「はい」

お兄様はメディとライに肩を借りながら移動し、ソファへと身を沈める。

私がお兄様にグラスを差し出すと、彼はそれを受け取り一気に飲み干した。

そして大きく息を吐くと、言葉を発する。

「……実はいま、リムス王国の王都ハーナで原因不明の病が流行しているんだ」

お兄様の話を聞き、私とメディは顔を見合わせる。

リムスでそんなことが起こっているなんて……

「もしかして、くしゃみや鼻水が止まらない症状か？」

ライは顎に手を添え、少し考えた様子を見せると言った。

「そうなんだ！　最初はみんな、軽い風邪が流行していると思っていたらしい。ところが、医者が診察したら、どうも風邪じゃないって。けれど原因がわからないんだ。しかも、何故か王都だけに流行していて……でも、どうしてライが知っているんだい？」

「リムス王国の隣国であるロワ国の王から報告があったんだ。隣国が大変な状況らしいのでどうか手助けをしてやってほしいと。だから先日、俺はリムス王国に医師団と薬草師団の派遣協力を申し出た。だが、先方から拒絶されたんだよ……さっきティアには言いそびれてしまったけれど、この件もあって、リムスの民は混乱しているんだ」

それを聞いて、お兄様は低く唸る。

「何故拒絶したんだろうか。全くわからないな……リムスで調査してきたが、全く病の原因が掴めずにいる。頼む、みんな。僕と一緒にリムスに行って調査を手伝ってくれ」

お兄様は私達に頭を下げた。

リムスは私の祖国だし、友人達もいるのだ。助けないわけにはいかない。

「お兄様、頭を上げてください。私はお兄様のためでしたら、なんでもお手伝いいたしますわ」

そう言った私に続いて、メディとライも微笑みながら口を開く。

「私も薬草師としてお薬の処方や治療などお手伝いできるかもしれませんので、リストお兄様とご一緒いたします」

「俺も行こう。医療国として患者がいるなら見過ごせない。それに、近々内密に調査しに行こうと思っていたところなんだ」

私達の言葉に、お兄様はホッとした表情を浮かべた。

私はぐっと拳(こぶし)を握りしめる。

——とうとう、リムスに戻る日が来たのね。


翌日、私達はリムス王国に向けて出立した。

エタセルからリムスまで、馬車で向かうとかなりの時間がかかる。そこで今回は馬車でファルマへ向かったあと、高魔力保持者のリーフデ様にお願いして、転移魔法でリムス王国へ行くことになった。

馬車に揺られて五日ほど。

私達は無事ファルマに到着し、城の一角にある会議室にいた。

私達四人は重厚な長方形のテーブルにつく。向かい合って、宰相マオスト様とアールを抱っこしたリーフデ様が座った。

テーブルの上には、ゆらゆらと湯気が立っている紅茶と焼き菓子が置かれている。

「リストに聞く限り、ロワ国の報告よりも現状は悪いようだな。うちの協力を断ったリムスのフォルス王太子殿下達はどう動いているんだ？」

マオスト様がお兄様へと尋ねた。

「調査団を結成して調査をしています。しかし全く進展がないため第三王子ヘラオス様が新たな調査団を結成したのですが、フォルス様から余計なことをするなと釘を刺されてしまったそうです」

「調査団の設立が余計なことって……早く原因がわかった方がみんなのためになるのに。調査団にも派閥のようなものがあるのかしら？」

私がお兄様に尋ねると、彼は首を左右に振った。

「僕もヘラオス様から少し聞いただけだから詳しくはわからないんだ。ただ、今回一つだけ王族を見直した点があるんだよ」

「なんですか？」

私は首を傾げた。

「フォルス様が薬の無料配布を決定したんだ」

「え？　原因もわからないのに？」

一体どういうことだろう。私は違和感を覚える。

「鼻水などの症状を抑えるやつじゃないかな。王都の民は喜んでいるよ。新法を施行してから最悪だった王族の支持率も持ち直したみたい。王太子殿下だけではなく、ルルディナ王女殿下とウェスター様も、自腹で民にマスクやうがい薬を配っているんだ。僕はあの二人をちょっと見直したよ」

「ルルディナ様と元婚約者が？」

私は片眉がピクッと跳ね上がるのを感じた。

「ごめん、ティア！　君の前で無神経なことを言ってしまったね……」

私がまとっている空気が黒くなったのを感じたのか、お兄様が顔面蒼白になりながら何度も頭を下げ始める。私は慌てて首を左右に振った。

「お兄様が謝罪する理由はありませんわ。ただ、少し気にかかることがあっただけです」

「そうなのかい……？」

「はい。あっ、二人の存在が不愉快なのは変わりありませんが」

「ティアっ⁉」

「二人が民のために動くというのが、妙に引っかかったんです。魂を入れ替えなければそんなことしませんよ……そもそも民を思っているなら、二人の永遠の愛を祝して、広場に邪魔な花壇なんて作りません」

広場は子供達が遊ぶ場所なのに、大きな花壇を作られたら子供達が自由に駆け回れなくなってしまう。

「もしかしたら人気稼ぎかも。それでも、慈善的なことをしたという結果は良いと思うよ」

「確かに。やらない善よりやる偽善という言葉も聞きますしね」

私はお兄様の言葉に頷いて見せたけれど、かなり引っかかる。あの二人に対して憎しみを抱いているからだろうか。

「しかし、原因はなんだろうね。それが判明すればうちの研究所で薬を作れるんだけれども。ねぇ、アールはどう思う？」

リーフデ様がアールの頭を撫(な)でながら問う。アールは気持ち良さそうな顔をしながら、口を開いた。

「一つ一つ考えられる可能性を潰していくしかありません。患者が王都に住む人のみというのが気になります。もしかしたら、原因は王都にあるのかもしれません」

「僕もそう思うよ」

リーフデ様は膝の上のアールをぎゅっと抱きしめながら同意する。お兄様は羨ましそうな顔でそれを見つめていた。

お兄様、もしかして、もふもふがお好きなのだろうか。

そんなことを思っていると、ライは険しい面持ちで言う。

「アール。ファルマ国からリムス王国へ輸出した薬の資料をまとめて、俺のところに持ってきてくれないか？　気になることがある」

「輸出した薬ですか？」

「あぁ。ここ半年分で構わないから」

「かしこまりました！　ですが、少しお時間をいただきたいです。構いませんか？」

「俺達がリムスに到着したあとでも構わないよ」

「はい。では、さっそく」

アールはリーフデ様の膝からぴょんと飛び下りると、一礼して部屋を出た。

それを見届けたあと、マオスト様は私とお兄様を見る。

「とにかくリムスの王都に行くしか道はないよな。でも、ティアナ嬢達は追放中なんだろ？　堂々と王都を歩いて王族に見つかったら、大問題になっちまうぞ」

「あっ、そうでした。私達、国外追放中でしたわ。どうしましょう……」

自分の置かれた立場をすっかり忘れていたわ。

みんなで頭を悩ませていると、メディがパチンと両手を合わせ、満面の笑みを向ける。

「お兄様が出かける時のように変装をしたらどうでしょうか？」

「それいいかも！」

メディの提案に、私は大きく頷く。

確かにライは変装して普通にファルマの王都を歩いているし、エタセルで買い物をしても全く気付かれていなかった。

なんとかなるかもしれない。そうホッとしていると、リーフデ様が手を挙げる。

「あっ、なら僕に任せてー。そういうのがすごく得意だから」

「では、リーフデ様にお任せします」

『そういうの』とはどういうこと？

私は少し疑問に思う。けれど、お兄様がリーフデ様の申し出を受け入れたので、私もお任せすることにしたのだった。

──こういうことかぁ。

私はゴールドのフレームに嵌め込まれた姿見を見つめていた。

鏡に映し出されているのは、耳の下で切り揃えられた深緑の髪を持つ少年。彼はチェックの帽子をかぶっている。真っ白のブラウスにブラウンのズボンという恰好をしていて、手には鉛筆とメモ帳。

「……まさか、男装することになるとは」

ぽつりと呟いていると、「ヤバイな、あれ」「あぁ。まさか、あんなに変わるなんてな」というマオスト様とライの会話が聞こえてくる。

そちらへ顔を向ければ、二人は壁際にいるメディと絶世の美女を見つめていた。

「駄目だ。一歩も動けないよ！　足がぷるぷるするし、股がスースーする」

こんなに美しい人を見たことがないというほどの美女が叫んでいる。薔薇色の唇から発せられた声は、想像していたものよりちょっと低い。

絶世の美女──お兄様は壁で腕立て伏せでもするかのような体勢で、ヒールの高い靴を履いた足を小刻みに震わせている。まるで生まれたての小鹿みたい。

お兄様が動くたびに、腰まであるストロベリーピンクの髪が波打つ。

「確かにあのお兄様は凝視しちゃうわ。リーフデ様の技術力が恐ろしい」

潤んだ琥珀色の瞳は庇護欲をかき立てられるし、身にまとっているものも清楚な印象を与える上に可愛らしい。ふくらはぎを隠す丈のワンピースは、腰部分をリボンで絞っている。

成人男性のお兄様だけれど、普段よりも華奢に見えるようだ。

元々中性的な顔立ちのお兄様は、女装しても違和感が仕事をしてくれない。

もしかしたらお母様の若かりし頃はこんな風だったのかもしれないと思った。

「リストお兄様。私に掴まってください」

「ちょっと無理かもしれない。壁から手を離したら倒れちゃう」

メディはお兄様を不安げに見つめながら、なんとか手助けをしようとしてくれている。

メディも美女なので、二人が並ぶ様は美女と美女だ。

「ティア嬢は新聞記者風で、リストが美容観光に来たご令嬢風。どう？　これならばバレないでしょ？」

リーフデ様は満足そうな顔をして、私とお兄様へと視線を向ける。

確かにバレることはないだろうけど、お兄様は似合いすぎているから大丈夫かなぁとかえって心配になる。

こんな絶世の美女が王都を歩いていたら、誰もが足を止めて振り返るはずだ。

私達だとバレないための変装なので王都の町に溶け込むように隠れなきゃならないのに、逆に目立ってしまうのではないだろうか……

「ティアは似合うけれども、僕は色々大丈夫じゃないよねっ!?」

やっと壁から手が離せたらしいお兄様は、メディに支えられながら私達の方へ一歩ずつ歩いてくる。

「明らかに無理があるって。僕の女装には違和感しかないからさ」

「「「普通に絶世の美女だから」」」

この場にいるお兄様以外の人達が即答した。全員の声が綺麗に重なる。

お兄様はそれを聞くと顔を強張(こわば)らせた。

「う、嘘でしょ。どっからどう見てもむさ苦しい男なのに」

「いや、安心して良いぞ。どっかの国王や王子に見初められてもおかしくない」

ライがお兄様の肩を軽く叩いて励ます。

「あまりの美しさに男達を争わせるレベルだよー」

リーフデ様もライの言葉にうんうんと頷いた。

「僕にはそうは見えないのに……」

お兄様はがくりと肩を落とす。

そんな彼を支えながら、メディは心配そうにお兄様を見つめ、提案した。

「メイクも服もこのままで問題ないと思いますが、リストお姉様の靴だけ替えませんか？　このままでは歩くことすらできませんわ」

「メディ、いま僕のことをお姉様って言ったよね⁉」

「ごめんなさい！　つい……」

メディの提案に、私は頷いた。

「確かに。いまのお兄様は生まれたての小鹿のようですし」

「ペタンコの靴の方が良いと思います。このままでは、リストお兄様が歩いて調査できません」

「そうだな、代わりの靴を手配しよう。マオスト、頼めるか？」

「わかったよ、ライナス」

「え……僕が女装を続ける前提で話は進んでいるの……？」

そう言うお兄様をみんなでスルーし、着々と準備を進めていく。

「では、リストが靴を履き替えたら、リムス王国へ向かおう。リーフデ、転移魔法の準備をしてきてくれ。術者以外の者を転移させるには、魔法陣を描かなければならないから時間がかかるだろう」

「了解～。じゃあ、魔術塔で待っているよ」

「頼む」

　ライの言葉にリーフデ様は大きく頷くと、扉の外へ消えていった。

　転移魔法陣の準備ができたという連絡を受けて、私達は魔術塔へと向かった。

　お兄様はマオスト様にペタンコの靴を用意してもらったので、一人でちゃんと歩いている。

　魔術塔は城の西側にそびえ立つ灰色の建物で、魔術書の書庫や魔法具の収蔵庫がある。王宮魔術師達が日夜業務に勤しんでいる場所だ。

　私達は日当たりの良い部屋で、荷物を持って立っていた。足元には床一面を覆い尽くすほどの青い魔法陣が描かれている。

　リーフデ様とマオスト様は魔法陣が描かれていないスペースにいた。

「準備はできたかい？」

　いつでも出発して構わないと私は頷く。

「ええ」

「君達の転移先は、リムス国内のティアナ嬢とリストに縁深い場所だよ」

「私達にですか？」

私とお兄様は顔を見合わせて首を傾げる。

「そう！　着いたらびっくりするよー。さっそく始めるね」

リーフデ様は柔らかく微笑み、屈み込んだ。そして魔法陣に触れながら唇を動かす。

もしかして、詠唱しているのかしら？

何か呟いているようだけれども、それが音となり言葉として私達の耳に入ってくることはなかった。

やがて足の裏がじんわりと温かくなったかと思えば、真っ白な光が魔法陣をなぞる。

「じゃあみんな、気を付けて！」

リーフデ様の言葉に反応するかのように光が白から青へと変化し、強く輝き出す。

私が眩しさのあまりに目を閉じると、ふわりと浮遊する感覚に襲われた。

「……ん」

光がだんだん弱くなっていったのを感じて、私はゆっくりと瞼を開ける。

どうやら、どこかの部屋の中に到着したらしい。ぐるりとあたりを見回したあと、私は大きく目を見開いた。

壁紙は見覚えのあるものだし、棚やテーブルなどの家具類も愛着があるもの。

窓から見えるのは、子供の頃に私とお兄様が駆け回った庭だ。丁寧に手入れされていて、最後に見た時と変わらない状態。

「お兄様！　ここは――」

私がお兄様の方へ顔を向けると、彼も動揺しているようだった。

「『リムス王国で暮らしていた伯爵邸……？』」

私とお兄様の呆然とした声が綺麗に重なる。

そんな私達とは反対に、ライは冷静な声音で「そうだよ」と頷いた。

「転売されていたから、俺が購入しておいたんだ。ティアが目標を達成した時にサプライズでプレゼントしようと思って。ちょっと早まったけどね」

「『ありがとう、ライ！』」

私とお兄様がライに抱きつけば、彼は「びっくりした？」と言いながら笑う。

追放された時に、先祖代々の土地と建物は王家に奪われてしまった。だから、ずっと屋敷のことは気がかりだった。私達の生家だし、たくさんの思い出が詰まっていたから。

使用人達はお父様が退職金を渡して、新しい職場を斡旋したと聞いている。長年仕えてくれた人達も多く、お父様も彼らと離れるのはとても辛かったと思う。

――みんなどうしているかな？

「追放された上に屋敷まで没収されるのですか？　所有者はティアのお父様達ですよね。おかしいです」

　メディは顎(あご)に手を添え、厳しい表情をしながら言った。ライも眉を寄せて、口を開く。

「元伯爵達が二度とこの国に戻ってこられないようにだろうな。それにこの屋敷は、相場の三倍の値がつけられていたんだ。再購入できないようにしたんだろ」

　きっと、ルルディナ様とウェスター様の仕業だろう。どこまでもクズいやつらだ。

「ライ、少しずつ屋敷の代金は支払うよ」

「私も！」

　お兄様と私はそう言ったが、ライは首を左右に振った。

「気にしないでくれ。実はもう一つティアとリストにプレゼントがあるんだ」

「何？」

「ちょっと待っていて」

　ライは私達に告げると、部屋の外へ出ていく。

　しばらくして聞こえた足音は、ライのものだけではなかった。複数の人がこちらへ向かってくる気配を感じて、残された私達は首を傾げる。

　扉をノックする音が聞こえた。私が入室を促(うなが)すと、ゆっくり扉が開かれる。

私とお兄様は、驚愕のあまり息を呑んだ。

固まって動かない私達を見て、ライが「二つめのプレゼント」と目尻を下げて微笑んだ。

「みんな！」

ライが連れてきてくれたのは、伯爵家に仕えてくれていた人達。まるで、つい先ほどまで働いていたかのように、あの頃と同じ仕事着を着用している。

「ティアナさ、ま……？」

驚いているのは私だけじゃない。執事をはじめとした使用人達もだ。

目の前に私達がいることが信じられないようで何度も瞬きをしたり、目を擦ったりしていた。

「良かった。みんな元気そうで」

私が頬を緩めた瞬間、みんなが顔を輝かせながら部屋へとなだれ込む。そして「ティアナ様」と名前を呼ばれ、囲まれた。

ライとメディは、微笑みながらこちらを見守ってくれている。

「みんな、どうしてここに？」

「ライナス様が伯爵邸を購入してくださった時に、私達にも声をかけてくれたんです。ここでティアナ様達の帰りを待たないかと」

「いまはライナス様と雇用契約を結んでいるんですよ」

「私達、またこのお屋敷で働けて嬉しいです」

「ティアナ様にお会いできるなんて……お待ちしていて本当に良かった」

「お嬢様、お元気そうで何よりです。リスト坊ちゃんもエタセルにいるそうですね。坊ちゃん、お元気ですか？」

　思わぬ再会にはしゃいでしまったが、その言葉に私は固まった。

「えっと……その……お兄様でしたら……」

　私は真横にいる絶世の美女に目を向ける。そちらにみんなの視線が一斉に注がれた。だが、誰一人としてお兄様だということに気付かないようだ。

「お嬢様。お嬢様と一緒にいらっしゃるこちらの方は……？　なんだか奥様の若い頃に似ているような気がしますね」

　一番長く伯爵邸に勤めている執事が言えば、室内を静寂が包み込んだ。一拍の間をおいて、みんながお兄様を食い入るように見つめる。

「「「「まさか、坊ちゃん!?」」」」

　絶叫に近い大声が室内に木霊した。

　お兄様は両手で顔を覆う。その動作が、正解だということを知らせていた。

久しぶりに再会した使用人達と色々話をしたかったけれども、私達の本来の目的は病の原因の調査だ。

みんなに玄関先で見送られ、私達は王都のメイン通りへと向かった。

メイン通りにはパン屋や花屋など、庶民の生活に密接したお店が多く立ち並ぶ。私達がリムスで暮らしていた頃は、人の活気に満ちていた場所だ。

けれどもいまは違う。

以前は買い物袋を持った人達の往来が多くあったのに、いまはぽつりぽつりと人が歩いているだけ。

追放されてからしばらく経ったとはいえ、こんなにも変化を遂げるものだろうか。

「寂しいわね。あんなにも賑わっていたのに」

お兄様がぽつりと呟いた。女装中のため、言葉遣いも女性の話し言葉に変わっている。

「私も同じことを感じました。この時間帯は賑わっているはずなのに……何故？」

「それはティアナ達が追放される前の話だな。いまはこれが普通なんだよ」

突然後方からかけられた声に、大きく体が跳ねる。

すぐさま振り返ると、ヘラオス様の姿があった。

「ヘラオス様、驚かせないでください！」

急に名前を呼ばれたから、知られたらまずい人に正体がバレてしまったのかと思ったじゃない。

私はいまだに早鐘を打つ鼓動を鎮めるために、ゆっくりと深呼吸をする。

「悪かったよ、ごめん」

ヘラオス様は顔の前で両手を合わせた。そして、首を傾げる。

「ティアナ、いつ着いたんだ？　病の原因を調べに町に来たら、見知った顔を見つけてびっくりしたぞ。男装しているから、初めは気付かなかったけど。もしかして、リストに聞いてわざわざ来てくれたのか？」

「ええ、お兄様に伺ってきました。ヘラオス様、まだ原因は明らかにできていないんですか？」

「まだだ。早くなんとかしたいんだが」

ヘラオス様は唇を噛みしめる。そして、悲しげな瞳であたりを見回した。

きっと、彼も町がこうなったのを寂しく感じているのだろう。

彼は、私の隣にいたライとメディに目をとめる。

「リストが知らせてくれたのは、ティアナだけじゃなかったようだな。ライナス様とメディ様ですよね？」

「えぇ」

ライとメディが頷いた。

「リストからあなた方の話は聞いています。このたびはリムスのために協力くださり、感謝します。ティアナもありがとう。エタセルで忙しくしているのに」

「いいえ」

ヘラオス様はお兄様に視線を移すと、口を開いた。

「こちらの美女は初めてお会いするが……どこか懐かしい気がするんだよな。もしかして、これが運命というやつなのだろうか」

ヘラオス様が熱のこもった瞳でお兄様を見つめる。お兄様は美麗な顔を歪ませ、ヘラオス様の肩を掴むと、ぐっと自分の方へと引っ張った。

前のめりになったヘラオス様の耳元で、お兄様は「僕だ」と低い声で告げる。

ヘラオス様は「おうぅぅ」と言葉にならない声を漏らした。

「リ、リストだったのか!?　どこからどう見ても絶世の美女なのに！」

「僕のことは良いからさっさとリムスの現状を説明するんだ」

「その姿だと、命令口調も良いなぁ。新たな扉を開きそう……」

そう言ったヘラオス様をお兄様が一睨みする。ヘラオス様は気迫に圧されて口を噤んだ。

「確かにお兄様のおっしゃる通りだわ。お兄様の女装よりも、そっちの方が大事。ねぇ、ヘラオス様。一体、王都はどうしてしまったんですか？　こんなにも寂しくなってしまうなんて」

「ティアナ達がいなくなってから、徐々にこうなったんだ。第一、第二派は第三派の多くを失脚させたあと、民の税負担を大きくするための新法を施行した。そのせいで、金を使えば多額の税を払わなくてはならなくなったから、国民達は出費を惜しむようになったんだ。さらに増税のせいで暮らしが立ち行かなくなった者による、窃盗が横行するようになってしまった。そんな王都の状態が周辺国にも伝わって、観光客は激減。そんな時に原因不明の病の流行が重なった。王都のメイン通りで買い物できるような余裕が、誰にもないんだ。過去最悪の状態だよ」

「リムスがこんなことになっていたなんて……」

私が俯けば、ライが宥めるように背を撫でてくれた。

「ティア、俺達は一刻も早く流行している謎の病の究明をしよう。そうすればきっと、いまよりリムスの王都は元気になるよ」

「そうね」

ライの意見に同意し、みんなでメイン通りを歩く。

どこを眺めても、リムスにいた頃の様々な記憶が浮かんでくる。

初めてお父様に町へ連れてきてもらった時のことや、お兄様と二人で両親へのプレゼントを買いに来た時のこと……

記憶の中では、私も町の人達もみんな笑顔だった。だから一層、現在の王都の姿に心が痛む。

「どこで間違えたんだろうな。フォルス兄上は第一、第二派の貴族と一緒に民を圧迫する政治を進めている。ルルディナ姉上はウェスターのことしか考えていない。以前は化粧品の開発で国のために力を貸してくれたのに……」

ヘラオス様は悲しそうな顔で天を見上げる。彼の表情とは違い、爽やかな青空が広がっていた。

「……まぁ、いまは俺らのことよりもまずは病の原因をつきとめて、みんなを助けないとな」

「ヘラオス様……」

「せっかく会ったんだ。是非俺の調査に同行してほしい。まずは広場に行こう」

ヘラオス様はそう言うと足を踏み出す。彼の背中は寂しそうだった。

ヘラオス様が民のために行動をすれば、兄と姉を敵に回すことになる。彼にとっては辛いのかもしれない。

リムスの民のため、民を守ろうとしているヘラオス様のため、今回の問題は絶対に解決したい。

――必ず、元気な王都を取り戻すわ。

「新聞で見たけれども、なかなか斬新な花壇ですわね」

「ピンクの煉瓦(れんが)で作られたハート型の花壇か……目立つなぁ」

私達はヘラオス様に連れられて、広場へとやってきた。

目の前にあるのは、ルルディナ様と元婚約者が作り上げた例の花壇。

それを見た瞬間、私とお兄様は唖然としてしまった。

広場の真ん中にこんなものを作ったら、みんなの邪魔になると考えられないとは、いかにも脳内お花畑カップルらしい。

以前の広場には駆け回る子供達がたくさんいたのに、いまはままごと遊びをする女の子達しかいない。

きっと駆け回れるスペースが狭くなってしまったから、別の場所へ移動したのだろう。

そんなことを考えてあたりを見回していると、あることに気付く。

「あら？　ハートの花壇の他に、別の花壇も作っていたのね」

茶色の煉瓦で作られた花壇が、広場をぐるりと囲んでいる。

この広場には、こんなにたくさんの花壇はなかったはずだ。

それらの花壇に咲いている花は、ハートの花壇に植えられているものと違う種類のよう。ピンクやレモンイエローなど色彩豊かで綺麗だ。

花壇に近づいてみると、濃厚な香りが鼻腔を掠める。私の横に、ヘラオス様がやってきた。

「花壇が増えたのはここ数か月だよ。王都は緑が少ないからって、姉上が花を植えるよう命を出したんだ。ここだけじゃなくて王都全体で花壇が増えているよ」

「王都全体……？」

「あぁ。人が多く集まる場所には花壇が作られている。噴水前広場にも花壇ができたんだ。噴水前の花壇は綺麗で、大人気なんだよ」

ルルディナ様の発案で、王都中に花壇が増えている。ルルディナ様は、何故そんなことを？

妙に引っかかりを覚えた私は、屈み込んで花をじっくり見る。

ハートの花壇に咲いていた花は、リムス王国で見たことのある花だった。けれど、この花壇の花は見たことがない。他の国から輸入してきたのかもしれない。

……リムスに咲いていない花？

似たようなことが、あった気がする。あれは確か――

私の脳裏に、エタセルでもらったシャーマルの花がよぎる。そして、ある仮説が浮かんだ。

「……ヘラオス様。もしかして、ルルディナ様が新しく作った花壇には、これと同じ種類の花が植えられていますか？」

「ん？　あー、言われてみれば同じかも」

顎（あご）に手を添え、思い出す素振りを見せながら、ヘラオス様は答えた。私はその返事を聞いて、やっぱりと頷く。

私の仮説は正しいかもしれない。

「お兄様！　ライ！　メディ！　ちょっと聞いて！」

広場の中を各々調べていた三人が駆け寄ってくる。みんなが集まると、私は口を開いた。

「ねぇ。謎の病の原因が、花ってことはないかな？　ほら、ファルマで私がもらったシャーマルみたいに。確か、シャーマルの香りをかぐと、『花匂毒症候群（レームシンドローム）』を起こすかもしれないって言っていたよね。あそこの花壇の花もシャーマルと同じで、いままでリムスで見かけたことがない花なの。もしかしたら、何か関係があるかもしれない」

「花が……？」

お兄様とヘラオス様は首を傾げた。

一方で、ライは大きく目を見開くと、すぐさまメディに声をかける。

「可能性はあるな。メディ、花の確認を」

「はい」

この中で一番植物に詳しいのはメディだ。適任だろう。

メディは花壇に向かい、屈み込んだ。真剣な表情を浮かべて、花を一つ一つ確認していく。

彼女は数分すると私達のもとへ戻ってきた。その顔は強張（こわば）っている。

「ティアの予想が当たりました。花壇に植えられている花の香りの大半が、『花匂毒症候群（レームシンドローム）』の症状を引き起こすと報告されていますわ。偶然という可能性も捨てきれませんが、こうも集まっていると疑わしいです」

それを聞きながら、ヘラオス様はハッとしたように口を開く。

「そういえば病が流行り出したのは、花壇ができたあとだ」

「ルルディナ王女だったよな。花壇を作るように指示したのは」

ライが険しい顔で確認すれば、ヘラオス様は頷いた。

「そうです。まさか花の香りでそんな症状が出るなんて……姉上は知らずに植えたのかも」

腹黒王女は知らなかったのかもしれないが、本当に迷惑なやつだ。

「花壇に咲いている花自体は珍しくないんです。リムス王国には生息していませんが、東大陸にはたくさん咲いている国もあります。個人で輸入することも可能ですし。花壇に植えられている花の中には、保湿効果の高さから化粧水に利用されているものもありました。ただ、アレルギー物質『レーム』を含んでいるので、くしゃみや鼻水などの症状が現れることがあります。今回の病と無関係だとは思えないので、対処した方が良いかと」

「化粧水って、まさか」

――王女は花の特性を知っていた？

だが、彼女に何のメリットがあるのだろうか。

一国の王女が原因不明の病を流行させる意図が掴めない。

「よし、花を一度撤去しよう。そのあとしばらく王都の様子を見て、病の流行がおさまれば、花が原因だとわかるだろう」

ライの言葉に、私は大きく頷く。

「そうね。花を集めて違う場所に移しましょう。花が原因なら譲渡先を探し、そうでなかったらまた植え直せば良いわ」

「俺、知り合いの家からシャベルを借りてくる。リスト、手伝ってくれ」

「わかりました」

ヘラオス様はお兄様と共に駆けていった。

「まだ花が原因と決まったわけではないし、さらに調査を進めていかないとね。ライはどう思う？」

そうライに尋ねるが、彼は何も答えない。顎に手を添え、何か思案しているようだった。どうしたのだろうか。

「みんな、お待たせー！」

お兄様とヘラオス様がシャベルとプランターを持って私達のところに戻ってくる。

すると、ライはゆっくりと唇を開いた。

「……ヘラオス。花壇は、城や貴族の居住エリアにも作られたのか？」

ライの問いに、ヘラオス様は首を左右に振る。

「いや、見たことがないなぁ」

「そうか」

「どうかしたのかい？」

「ちょっと気になったことがあってさ……それより、王都中の花壇をこの人数で整理するのは、かなり時間がかかるぞ」

ライは苦笑しながら言う。ヘラオス様は胸を張って答えた。

「大丈夫。さっき城へ使いを頼んだんだ。俺の部下が道具を持って応援に来てくれるよ」

「まぁ！　それは頼りになりますね」

メディは安心したように微笑む。

「じゃあ、さっそく始めようか」

私達はヘラオス様が持ってきてくれたシャベルを借りると、土を掘り始めた。

その時、遠くから聞き覚えのある可愛らしい声が届いたため、手を動かすのをやめる。

「「この声は！」」

私とお兄様は同時に立ち上がると、声のした方向へ体を向けた。

やってくるもふもふに対して、お兄様はキラキラとした笑顔を向けている。きっと私の顔もお兄様と一緒だろう。

「みなさーん！」

右手を左右に振りながら私達のもとへと駆け寄ってくるのは、リーフデ様の使い魔であるアールだ。彼は左手に茶色の封筒を持っている。

風を受け、アールの手触りが良さそうな毛がふわふわと揺れていた。

「やっと見つかりました。良かったです！　みなさんのこと、あちこち探しちゃいました！」

にっこりと微笑んだアールが可愛い。頬を緩ませながら、私はアールに尋ねる。

「よくここがわかったね。もしかして匂いとか？」

「いえ、絶世の美女を見ませんでしたか？　と道行く人々に尋ねたんですよー。そしたらみなさんすぐに教えてくださいました！」

「ぜ、絶世の美女……どういうことだい……？」

お兄様はぴくぴくと頬を引き攣らせている。

「主の化粧スキルはすごいですっ！　リスト様は元々綺麗な顔立ちなのでお似合いですよね。僕、こんなに綺麗な人を生まれて初めて見ました」

お兄様は大好きであろうアールに褒められ、複雑そうな表情を浮かべていた。

アールはハッとして、「それはともかく」とライの方を向く。

「ライナス様。調べものが終わりましたのでお届けに来ました」

「どうだった？」

「やっぱり、気になる点がありますね」

アールは難しい表情を浮かべながら、封筒をライへと差し出す。

ライは受け取ると、中身を取り出す。彼は複数枚の書類に目を通すと頷いた。

「やっぱりな。この騒動は完全に故意だったようだ」

ライがきっぱり言いきるので、私は首を傾げた。

「どういうこと？」

「見てくれ」

私達はライを囲むようにして書類を眺める。記載されていたのは、ファルマ国からリムス王国への薬の輸出に関することだった。私達がリムスに来る前に、ライがアールに頼んでいた資料だろう。

その資料には出荷した薬の名前と量が記載され、月ごとにグラフ化されている。

「リムス王国では、薬の輸出入を国が直接管理している。だから、リムス王国がファルマに欲した薬の種類と量が正確に把握できるんだ。ここを見てくれ。他の薬に比べて、輸入された量が多すぎる」

ライが指で示してくれたのは、三か月前にリムス王国が輸入した薬が書かれた場所だった。

「何か珍しい薬なのかい？」

お兄様が問いかけると、ライは頷く。

「この薬、『花匂毒症候群（レームシンドローム）』の治療薬なんだ。いままで一度も輸入したことがないのに、この月だけ大量に発注されている。注文された時期は、病が流行する前だ。輸出した時は気にかけていなかったが……」

「……ねぇ、それって」

私達は大きく息を呑む。

薬の輸出入を管理している者――王族や貴族は、『花匂毒症候群（レームシンドローム）』が流行することをあらかじめ知っていたということだ。

すなわち、この原因不明の病の流行は故意的なもの。

「そうなると、首謀者は花壇を作ることを決めたルルディナ様である可能性が高いわね……でも、なんでルルディナ様がこんなことを？」

私が言うと、ヘラオス様がハッとしてこちらに顔を向ける。

「ルルディナ姉上は、王族の支持率の低下を非常に気にされているようだった。姉上は我が国の広告塔となってくださっていたが、支持率の低下に従って彼女の人気もなくなっていくことを恐れているからだろう。それが関係するのかも……」

ヘラオス様の言葉を聞いて、私はいままでの情報を整理する。

自分達の利益しか考えていないはずのルルディィナ様やウェスター様が、民のための行動をしていた。

でも、その病を流行させたのはルルディィナ様本人の仕業である可能性が高い。花壇を作ったのは彼女の指示だし、化粧水に使われている花の特性であれば、彼女が知っていてもおかしくないから。

そして、ルルディィナ様は、自身の人気の低下を恐れている――

「もしかしたら、こういうことなのかも……」

思わず呟いた私に、みんなの視線が集まった。

私はいまの考えを伝えるために、口を開く。

「現在、ルルディィナ様の人気は落ちそうなのよね？　きっとルルディィナ様は自分の好感度、そして王族の支持率を取り戻すために策を練ったんだと思う。どうしたら国民、特に身近な王都の人々からの人気を取り戻せるかって。考えた結果、彼女達の手で国民を助けてあげればいいと思ったのでしょうね。よりインパクトを残すために何か大きな事件から民を救うという作戦を考えたのかも。けれど、大きな事故や事件なんてそうそう起きるわけがない。だから彼女は自分の手でこの流行り病を作り出したのよ……そしてルルディィナ様の計画通りに『花匂毒症候群』は流行した。ルルディナ様と元婚約者は事前に輸入しておいた薬をあとで無料配布したり、マスクを配ったりして好感度を上げようという魂胆だったのではないかしら」

「ティアすごいよ！　その可能性は高いね！」

お兄様が褒めてくれる。他のみんなも頷いてくれた。

ライが真剣な面持ちで言う。

「とにかくいまは患者を診るのが優先だ。メディは王都内で『花匂毒症候群』を発症している人を見つけて、症状のレベルで分けてくれ。重症の患者から先に治療する」

ライの言葉にメディは大きく頷く。アールも大きく手を挙げた。

「僕も手伝います！　患者の分類が終わったら、ファルマから薬を持ってくればいいんですね？」

「あぁ、頼む。ヘラオス、メディとアールに案内役をつけてもらえるか？」

「わかりました」

ヘラオス様はライに返事をするとメディとアールの方へと顔を向けた。

「もう少しで俺の部下が到着するはずだ。広場の入り口で待機してもらってもいいか？　俺の名前を出して事情を説明すれば案内してくれるはずだ」

メディとアールは首を縦に振ると、その場を離れていった。

ヘラオス様は眉を下げながらポツリと話し始める。

「……まさか、姉上達がそんなことをするなんて。民に申し訳ない。好感度を上げたいなら、もっと民のためになることを考えればいいのに」

「今さら好感度を上げようとしても遅いと思うけどな。すでに民は暴動を起こそうと考えるほどに怒っている」

ヘラオス様の言葉にライは険しい顔をした。お兄様もライに同意する。

「僕も父上達と共にみんなを説得したけれど、そろそろ民の我慢は限界だよ。武器を取り、貴族の横暴に抗うべきだと主張する人々がほとんどだ。けれど第三派は、民が傷つくことを望まない……だから、父上達は民の血を流さないよう、最終手段に出ようとしている」

「一体、お父様は何を……？」

「……トップの首を取るつもりだ」

お兄様の発言に、私は衝撃のあまり息をするのも忘れてしまった。

自分の鼓動が大きく聞こえる。

「お兄様、お父様達は大丈夫なのですか……？」

尋ねれば彼は唇を噛んで俯くだけだった。

冤罪とはいえ追放された身分である上にクーデターを起こしたら、処刑されてしまうかもしれない。

それに、王太子殿下から権力を奪ったとしても、その後、国を上手く立て直せるかはわからない。

ヘラオス様の方を見ると、彼の顔は真っ青で肢体を小刻みに震わせていた。

大切に思っている国民の生活と、仲の良い兄である、フォルス王太子殿下の首。

優しいヘラオス様がどちらも捨てられないのは、想像に難くない。

リムス王国は、どうなってしまうのだろう。

私はきつく拳を握りしめた。

そんな私に向かって、ライは腕を伸ばす。

「ティア、大丈夫だ」

彼はそう言うと、優しく抱きしめてくれる。

私も彼の背に手を回し、不安な気持ちを鎮めるようにぎゅっとしがみついた。

彼の体温や鼓動を感じていると、少しずつ落ち着きを取り戻していく。

本当に不思議だ。ライがいてくれるだけでこんなにも安心できるなんて。

しばらくそうしていると、「ヘラオス様！」という叫び声が聞こえてきた。

そちらに顔を向けると、シャベルやプランターなどの道具を持った役人達の姿が。その中には、商店街の人達の姿も交じっていた。

「王都中の花壇の花を移動させたいと話したら、町の人達も手伝ってくれると申し出てくれました」

「詳しい事情はわかりませんが、ヘラオス様のためなら、お手伝いしますよ。王都中となると数が多いですし」

町の人々がヘラオス様を囲みながら言った。

手伝ってくれる人がこんなにも集まってくれるなんて。やはり彼は民から慕（した）われている。

「悪い、みんな。もし、手が空いてそうな人がいたら声をかけてくれ。花壇の花はプランターに植え替えて、城に集めたいと思う。リムスを悩ませている病の原因はこの花かもしれないんだ。だから、城で詳しく調査をしたい」

「花ですか……？」

「そうだ。頼む」

「わかりました。任せてください」

ヘラオス様が頭を下げると、先ほどまでは怪訝（けげん）な顔をしていた町の人々も笑顔で頷いてくれた。

みんなで広場を囲んでいる花壇の土を掘り返し、花をプランターへ移す。

この広場が終わったあとは、噴水前広場へ行くことになった。そこの花を移し終えたら、また次の場所へみんなで移動する。

ルルディナ様によって新しく作られた花壇は、王都中にたくさんあった。だから、かなり長時間の作業が予想された。

けれど、場所を移動するにつれて私達を手伝ってくれる人がどんどん増えたので、予定よりも早く作業を終えることができた。

私達も、町の人達もすっかり疲れてしまっている。けれど、不思議とみんなの表情は晴れやかだった。

やっぱり、この国の人達には笑顔でいてほしい。

……そのためには、あの極悪王女をなんとかしなければ。

私はそう決意したのだった。

花壇の花を移してから、二か月が経過した。

あれから、新しく流行病の症状を訴える人はいなくなった。

そのため、やはりこの病は『花匂毒症候群(レームシンドローム)』だったと判明。

すでに罹患(りかん)してしまった人達も、メディやアールが治療してくれたり、ライが薬の無償提供を行(おこな)ってくれたりしたおかげで、症状はだいぶ軽くなったようだ。

流行病がおさまったのを確認して、私達はファルマに戻った。

数日休息を取ったあと、私とお兄様とメディはエタセルに帰る予定だったのだけれど……

ファルマに着いた私達を待っていたのは、新聞記者達だった。

リムス王国に流行した謎の病の原因をつきとめ、薬の提供や治療に手を貸してくれたライ達に取材したいとのこと。

けれど、ライは多忙なので、一社一社取材を受けるのは不可能に近い。そのため、本日、記者をファルマ城内の記者室に集めて、会見が開かれることになった。

「……人がいっぱいだわ」

私は扉を少しだけ開け、記者室の隣にある部屋から様子を窺(うかが)っていた。

高めのヴォールト天井に、白と黒のタイルが交互に貼られている床のお洒落な部屋。

数十脚もある深紅のベルベット調の丸椅子には新聞記者達が座っている。

記者達をざっと見ると、他の大陸からも来ているみたい。さすがは大国ファルマだなぁと思う。

「そんなに来ているのかい？」

頭上からお兄様の声が降ってくる。彼も私と同じように、扉の隙間から記者室を覗いていた。

「あっ、本当だね。記者達がいっぱいだ。ヘラオス様は大丈夫だろうか……」

お兄様は小声で呟くと心配そうに後ろを振り返った。

ヘラオス様は幽霊でも見たかのようにガタガタと体を戦慄かせながら、メディから水の入ったグラスを受け取っている。

記者会見には、ライの他にリムスから来たヘラオス様も参加する。

ヘラオス様は記者会見という生まれて初めての大舞台にすごく緊張しているようだ。

彼が手にしているグラスにも緊張が伝わっているようで、水が大きく波打っている。

「お兄様、ヘラオス様とお話をしましょう。普段通りにしていれば、緊張がほぐれるかもしれません」

「そうだね、ティア」

私は扉を閉めると、お兄様と共にヘラオス様のもとへと向かう。

「ヘラオス様、大丈夫ですか？」

「無理。胃が口から出そう……俺、『花匂毒症候群(レームシンドローム)』について何も説明できないよ……」

「司会役にスラージュ様がいらっしゃいますし、ライもフォローしてくれるから大丈夫ですよ」

スラージュ様はファルマ国の外務大臣だ。この会見の司会進行を務めてくださることになっている。

「ティアの言う通りですよ。ヘラオス様は質疑応答の時に、リムス側の人間として答えていただければ大丈夫です」

「二人とも会見に参加しないから軽く言えるんだよ……ねぇ、ティアナもリストも一緒に出て。ティアナは病の原因が花だと特定した張本人じゃないか。きっとみんな話を聞きたがるよ」

「私達が出たら大問題です。追放された身でありながらリムスに足を踏み入れてしまったのですから。ルルディナ様達にバレたら面倒なことになりますよ。私もヘラオス様も」

まぁ、私とお兄様は変装していたから正体はバレていないし、杞憂(きゆう)だとは思うけれど。

「た、確かに。姉上は怒り狂うかも……俺も今日の記者会見に参加することに対して散々嫌みを言われたから。姉上だけではなく宰相達にも言われたよ。ファルマに行く必要はない、会見はこちらでやるって大騒ぎ。フォルス兄上が庇ってくれたし、ファルマ王直々の指名ということでなんとか来られたけどさ」

「王太子殿下は庇ってくれたんですね。ちょっとびっくりしてます」

「俺も驚いたんだ。俺と兄上の関係は家族としては良好なんだけど、兄上は政治が絡むと俺に冷たいからさ。でも、今回は何故か許してくれたんだよ」

「リムスの政治状況は変わらずですか?」

「変わらないよ。混沌としている。民の不満は溜まる一方だ。俺の他にも第一、第二派に反対する貴族はいるが、人数と権力で圧倒的に負けちゃっているから、兄上や姉上には敵わない」

ヘラオス様は深い溜息を吐き出した。

「――リムス王国の未来は見えませんね」

突然バリトンの声が私達の耳に届いた。私達はそちらへと顔を向ける。スラージュ様だ。表情は穏やかでなく、呆れと哀れみを含んだ眼差しでヘラオス様を見つめていた。

「貴族中心の考え方では国は治められません。かといって、民衆の意見ばかりを取り入れても、政治は回らない。何事もバランスが大事なのです。リムスの王は絶妙なバランスを保っていたのに、天秤を傾かせてしまったなんて。呆れてものが言えませんね」

「……申し訳ありません」

ヘラオス様は顔を強張らせ、深々と頭を下げた。

「私に謝罪しても無意味ですよ。私はリムスの人間ではない。ヘラオス様は未来をお考えになった方がよろしいですよ。このままでは国が滅びます。なんでもリムスから諸外国へ逃げている人々まで出始めているとか」

初めて知る事実だ。お兄様の方に顔を向ければ、彼は眉を下げて頷く。

どうやら真実らしい。

「リムスから遠いファルマでも、リムスの噂は耳にします。厳しいことを言いますが、ヘラオス様にとっては大切な兄上や姉上かもしれませんが、情を持つ部分をはき違えてはなりません。このままだとあなたも加害者になってしまいますよ」

「情を持つ部分ですか……？」

「えぇ。あなたには王族としての責務がある。決断し国を守るために戦うか、家族を取るか。選択が迫られています」

スラージュ様の厳しいけれども優しさも交じっている言葉に、ヘラオス様が目を大きく見開き驚愕(きょうがく)の表情を浮かべる。

その時、リズミカルなノックの音が響いた。

「入れ」

ライが返事をすると扉が開く。入ってきたのは宰相であるマオスト様だった。

「おーい、時間だぞ」

彼はヘラオス様に近づくと、肩を軽く叩く。

「ガチガチだな。大丈夫だ、ライナスがいるからさ。それにうちのスラージュもいるし！　やつは新年のパーティーから議会まで幅広く司会をしてくれている、ベテラン司会者だぞ」

マオスト様はヘラオス様の表情が暗いことを気にして、励ましてくれているようだ。

ヘラオス様は弱々しく頷いていた。

「では、陛下。司会の進行があるため、私はお先に失礼します」

「あぁ、頼む」

ライへ一礼をすると、スラージュ様は記者室へと入っていく。

「ヘラオス様、やっぱりお休みされますか？」

あまりにも覇気(はき)がないヘラオス様を案じたメディが尋ねれば、彼は激しく首を左右に振り顔を上げた。

「参加します」

ヘラオス様はそう言うと自分の頬を軽く叩き表情を引き締める。

「先に向かう」

ライが微笑んでヘラオス様の肩を叩いた。そして記者室への扉を開ける。

写真機の撮影音と目映い光が、一気に室内へと入ってきた。

ヘラオス様はびっくりしたようで、身を縮こまらせる。

「……え、待って。ねぇ、待って。俺もあんな風に撮影されるわけっ⁉」

「取って食われやしないから安心しろ。変な質問が来たらスラージュが止めるし、ライナスもフォローする。写真機の光は、ちょっと強い照明だと思えば大丈夫だって、慣れるから。さぁ、行ってこい。あまりにも遅いと大声で記者から名前を呼ばれるぞ。そっちの方が緊張して出にくくなるだろ？」

「確かに」

マオスト様の話を聞き、ヘラオス様はゆっくりと立ち上がる。彼は深呼吸をすると、覚悟を決めたのか勢い良く扉を開いた。その瞬間、フラッシュが焚かれる。

すると、ヘラオス様は氷の像みたいに動かなくなってしまった。

「「「えっ」」」

私達の声が綺麗に重なった。

彼は扉を開けたまま固まってしまったため、記者室からの怪訝(けげん)そうな声が私達にも聞こえてきてしまう。

「お兄様！」

私とお兄様は頷き合うと固まっているヘラオス様のもとへ。

私達は彼の背後に立つと、彼の背を軽く押した。彼の足が記者室の中に入る。

「えっ、ちょっと⁉」

自分の意思とは関係なく体が動いてしまったため、ヘラオス様は驚いたようだ。すぐに私達の方を振り返った。

「ティアナ、リスト……？」

「リムス王国の人達は流行病が収束したとはいえ、きっと不安な日々を過ごしています。信頼しているヘラオス様の口から説明していただければ、安心しますよ」

お兄様がそう言うと、ヘラオス様はハッとしたあと、微笑を浮かべる。

「……そうだといいな」

第三派がいなくなったリムスでは、民の頼みの綱(つな)はヘラオス様だろう。王族だけれども、民の目線で動いてくれているのだから。

「さぁ、行ってきてください。私達はここで応援していますから」

「行ってくるよ。ありがとう、二人とも」

そう言うと、ヘラオス様は片手を上げて左右に振った。

そして自らの意思で足を動かし、壇上で待っているライのもとへと進んでいく。

私はそっと扉を閉めて、また隙間から記者室を覗いた。

お兄様とメディ、マオスト様も私と一緒にヘラオス様達を見守る。

ライとヘラオス様が揃うと、スラージュ様が記者会見の開始を告げる。

マオスト様が言っていた通り、外務大臣のスラージュ様の司会は完璧。会見はトラブルもなく予定通りに進む。

緊張気味だったヘラオス様の表情も徐々に緩み、後半にはいつもの彼に戻っていた。

「では、質疑応答に入らせていただきます。人数が多いため、質問は一人一つまでとさせていただきますのでご了承ください。質問がある方は挙手を」

スラージュ様は続々と手を挙げていく記者達を見回し、手前にいた女性へと声をかける。

「では、まずは最前列の右から五番目の方」

「トゥング新聞社です。ヘラオス様にお伺いします」

最初の質疑からヘラオス様指名なのっ⁉　と私達は若干動揺してしまった。

「ど、どうぞ」

どうやらヘラオス様も動揺しているようで、口ごもってしまっている。

「先ほどライナス様からご説明があった通り、流行病の原因は花だそうですね？　花はルルディナ王女殿下指揮のもと、王都内に植えられたとか。今回の事件は偶然なのか、それとも故意によるものなのか、どちらだと判断されますか？」

「その件については現在調査中のため、まだお話しできる段階ではありません。調査結果が判明したら必ず発表いたします」

きりりとした表情を浮かべてきちんと返答したヘラオス様を見て、私はホッと安堵の息を漏らす。

「では、次の方」

スラージュ様は別の人の質問を促す(うなが)が、先ほどと同じ女性が再度立ち上がってしまう。

「リムスの人々の生活は、悪政により混乱を極めているそうですね。なんでも、クーデターを起こそうとしている民もいるとか。それは本当ですか？　また、王族としてこのような状況をどのようにお考えですか？」

投げつけられた厳しい質問に対して、ヘラオス様は眉を下げると、机上に置いた手をぎゅっと握りしめていた。

第三派が排除され、庶民は重い税に苦しめられている。

ボロボロになっていくリムスをヘラオス様がどう思っているのか、記者が気になるのは不思議ではない。

——ヘラオス様はどうお話しするつもりなのかしら？

記者会見の前にスラージュ様に問われた時、彼が言葉を発することはなかった。

記者達だけではなく、スラージュ様もヘラオス様へと意識と視線を集中させている。

張りつめた雰囲気を打ち破り、ヘラオス様の窮地(きゅうち)を救ったのはこの国の王だった。

「申し訳ないが、今回はファルマ国の記者会見となっている。他国の情勢はとてもデリケートなので、この会見での質問は『花匂毒症候群(レームシンドローム)』に関することのみにしていただきたい」

ライがスラージュ様へと顔を向けると、スラージュ様はゆっくりと頷き、次の記者を指名する。

壇上のヘラオス様は顔を俯(うつむ)けていて、私はその表情を見ることはできなかった。

あのあと、特に問題が起こるわけでもなく会見は無事終了。

私達はファルマ城の庭園へと移動していた。

庭園には丁寧に手入れされた木々や季節の花々が咲いている。

それを眺めながら、私達は会見終了を労ってお茶会を開催していた。

鉄製のテーブルをぐるりと囲むように、私、ライ、メディ、お兄様が座る。

──お兄様、本当においしそうに食べるなぁ。

お兄様は、フォークを手にして満面の笑みを浮かべている。

お兄様を虜にしているのは、テーブル上にある蜂蜜ケーキ。

雪色の皿に載せられているケーキは食べやすいようにスライスされ、レモンイエローのクリームとミントが添えられている。

ソースを絡めて頬張れば、レモンの爽やかさと蜂蜜の優しい甘さが口内に広がった。

確かに、すごくおいしい。

「エタセルに店があったら毎日通いたいよ。おいしすぎる！」

「リストお兄様は蜂蜜ケーキが大好物なんですね」

メディはお兄様を優しく見守っていた。

実はこの蜂蜜ケーキ、ライの手作りなのだ。

料理の腕が良いライは、お菓子作りも完璧。ライが私の家で蜂蜜ケーキを作って以来、お兄様は虜になってしまったようだ。

お兄様はライがエタセルに来た時や、逆に私達がファルマを訪問した時には必ずライにねだって作ってもらっている。

「うん、大好きなんだ。ライが作るのは僕がいままで食べた蜂蜜ケーキの中でトップクラス。今日のレモンソースとも合うね。是非、ヘラオス様にも食べてもらいたいんだけど……」

お兄様は自分の隣の席へと顔を向けた。

そこには誰も座っておらず、ぽつんと寂しく椅子だけが置かれている。

空席は、ヘラオス様の席。

彼は会見が終わったあと、少し一人になりたいと言って部屋に戻っていってしまったのだ。

「会見の質疑応答で思うところがあったのだろう。いまはそっとしておくことしか、俺達にはできない」

「うん。そうだね」

ライの言葉にみんなが頷く。

「会見といえば、あの人に関して質問が出たのには驚いたよな」

「あっ！　ライ、もしかして謎の美女のこと？」

「記者達はかなり気になるようで、結構質問が多かったですものね」

私達が会見中のことを思い出しながら言うと、お兄様はケーキを口に運んだ恰好で固まってしまう。

記者から最も質問が集中したのは、リムスの民からの目撃情報が相次いだ絶世の美女について。

王都で噂になっていたらしく、みんな「花壇の植え替えを手伝っていた、あの美女は誰だ？」と不思議がっていたらしい。

いままでは、他国からお忍びでやってきた、やんごとなき身分の婦人ではないかという話が広がっているとのこと。

もちろん、女装したお兄様とは言えない。記者達には、噂通りやんごとなき身分の方であるから正体は明かせないと会見でライが断った。

しかし、明かせないと言われれば人は余計に気になってしまう。記者達はミステリアスな絶世の美女に対して、より一層の興味を持ったらしい。謎の美女の噂はますます人々の間で広がっていくはずだ。

「リムス王国のルルディナ様は、彼女の美しさに憧れる女性からの支持率が高いですが、リストお兄様も彼女に対抗できるくらい美しいですし超えられます！」

力説しているメディに同意するように、私もライも大きく首を縦に振る。

お兄様の女装姿は、気品があるし凛としている。

あの腹黒王女なんかより、よっぽど美しいに決まっている。

「超えなくてもいいよ……僕、もう女装はしないから……僕の女装なんて誰も得しないよ……国の危機以外には絶対に女装はしない……」

お兄様が声を震わせながら両手で顔を覆った。

その時、ライがふと遠くに目を向ける。

どうしたのだろう？　と彼の視線を追えば、こちらに向かってくるヘラオス様の姿が見えた。

「みんな、ちょっといいかな？」

彼は私達のもとへとやってくると、真面目な表情を浮かべながら告げる。

「ヘラオス、こちらにどうぞ」

ライに促され、ヘラオス様はお兄様とメディの間の席に腰を下ろした。

そして、ライが傍で控えていたメイドに指示を出すと、メイドはヘラオス様の分のお茶やケーキの準備を始める。

　一通りお茶の準備が終わると、ヘラオス様は改めて口を開いた。

「実は、みんなに協力してほしいことがあるんだ」

　真剣な瞳で彼は私達を見回す。そんな彼に、私は問い返した。

「協力ですか……？」

「あぁ」

　彼は目を伏せ、息を吐き出した。そのあと意を決したようにゆっくりと顔を上げると、私達を見据えて唇を開く。

「俺は、リムス王国を安定した国に戻す。みんなの力を貸してほしい」

　突然の彼の発言に私は息を呑んだ。

　ヘラオス様が、そうはっきりと言いきったのは初めてだったから。王太子であるフォルス様とヘラオス様の兄弟仲は良好。政治の考え方は違うけれど、兄と敵対したくないとずっと思っていたのだろう。

　けれど、いまの彼の表情からは、そんな迷いは感じられない。

　ただ、国民のためだけを思っているようだった。

「決めたのか？」

ライがヘラオス様に問いかければ、彼は強く頷いた。

「はい。このままでは国がどんどん悪い方向に向かってしまいます。いままでなんとかしなきゃ駄目だと思っていたけど、動けなかった。でも、今回の件で色々考え、国民のために生きるというのが、王族としての責務だと感じたんです。でも、俺一人ではフォルス兄上と戦うための力が足りない。どうかみんなの力を俺に貸してください」

深々と頭を下げるヘラオス様。私、ライ、お兄様、メディはそれぞれ目を合わせた。

私達の答えなんて決まっている。

「もちろん！　協力いたしますわ」

「みんな、恩に着る」

ヘラオス様は安堵の表情を浮かべ、話を続けた。

「問題はどうやってリムスを変えるかってことだよなぁ。兄上達には政治から退いてもらわなければならないが、絶対に言っても退かないだろうし……無理やり追い出そうにも、俺達には力が足りない」

「私に案があります。リムス王国の同盟国に力を貸してもらうのですわ。リムス王国のトップを変えるために、同盟国の王達から署名を集めるのはどうでしょうか？　リムスは様々な国と取引をしております。現在の状態に困らされている周辺国もきっと多いはず。それに、リムスは観光国として成り立っていますので、いまのトップが外国から支持されていないことへのダメージは、とても大きい」

実は、リムスのいまの状況を打開するにはどうしたら良いのかずっと考えていた。

そして思いついた。リムス内部で私達の力が不足しているのならば、外の国を動かせば良いって。

いまのリムスは自ら滅びに向かっている。リムスから他国に移住している者達もいるし、民の生活も不安定。上層部の人々だけが良い暮らしをしている。

こんな国がいつまでも続くわけがない。同盟国もそんなリムス王国と手を結び続けていくのは難しいだろう。

けれど、同盟国側にもリムスと関係を持つことで得られるメリットがある。だから、リムスを立て直すための協力をしてくれる同盟国もあるだろうと踏んだのだ。

「なるほど、そういう手もあるな。潜伏してくれている第三派の人々にも手伝ってもらおう。彼らは顔が広い」

私の話を聞いて目を見開いたヘラオス様は、真剣な面持ちで提案する。

「同盟国か……さすがはティアだ」

「ティアは賢いし度胸があるなぁ。僕の自慢の可愛い妹だよ」

お兄様が私の頭を撫(な)でようと腕を伸ばせば、ライもお兄様と同じタイミングで私の方へ腕を伸ばした。

そのため、私の頭上で二つの手が彷徨(さまよ)ってしまう。

お兄様とライは顔を見合わせると譲り合いを始めたけれど、なかなか終わらない。

結果的には二人に撫(な)でられることになった。

二人の手を心地よく感じながら、私はいまからすべきことをじっくり考え始めたのだった。

+ + +

リムス城の一角にある閣議の間は大荒れしていた。

私――ルルディナとフォルスお兄様、最愛の人であるウェスター様、宰相などの国の重鎮達が一堂に集結。臨時会議が開催される。

私以外の者の手には、新聞が握られていた。その新聞こそが、臨時会議の原因となっている。堂々と一面に記載されているのは、先日、ファルマ国で行(おこな)われた記者会見の記事だった。

『リムス王国に流行した謎の病を解決したのはファルマの王。他国の王にもかかわらず献身的に支援した』

『リムスの王侯貴族は病の流行を放置。民を迫害していることと相違ないのでは』

ファルマを称賛しリムスを貶(おとし)めているそんな記事内容が、宰相や貴族達の逆鱗に触れることになったのだ。

「だからヘラオス様の記者会見への参加を許すなと私は助言したんだ！　もっと適任者がいただろう！」

「仕方ないだろうが。あの大国ファルマからの指名なのだから」

「何が民を迫害している王侯貴族だ。我々にケチをつけるとは、無礼な」

「しかし、どうする？　庶民達からの支持率がますます落ちてしまう」

「王女殿下がご提案された、王都に『花匂毒症候群(レームシンドローム)』を流行させて薬の無償配布を行(おこな)うことで好感度を上げる作戦も失敗してしまったしな。本当にヘラオス様は余計なことをしてくれる」

「元々ヘラオス様は第三派と思想が似ていたしな。民中心の政治なんて我々には旨味(うまみ)が全くない。また我らの邪魔をすると面倒だから、早々に追い出すべきだ」

なんてむさ苦しいの。室内に響き渡る罵声(ばせい)が耳障り。

私は退屈で、思わず頬杖をついた。早く部屋に戻りたい。

隣にいるお兄様へと顔を向ければ、宰相と口論している。

おそらく異母弟のヘラオスの処遇についてだろう。

宰相はヘラオスのことを目の敵にしているから、どうにかしたいんだと思う。

一方で、お兄様は家族としてヘラオスを大事に思っているようだから、追い出したくないみたい。

身分の低い女から生まれたあんな子、私は弟だと思っていない。だから何度も追い出してとお願いしているのに。

「……つまらないわ」

聞いていたいのは愛しいウェスター様の声だけなのに。こんなむさ苦しいおじさん達の声を聞いていなければならないなんて、拷問かしら。

いっそのことウェスター様と遠い地に引っ越しをして、二人だけで暮らしたい。そうすれば、ウェスター様の声だけ聞いていられるのに。

民の支持率や他国からどう思われているかなんてどうでも良い。お兄様達と比べて私は民からの信頼度は高いと自負しているし。

私は何年も国のために化粧品事業で貢献しているから。感謝されることは多々あるけれども、恨まれることなんて全くない。

　でも、王族の支持率が下がってきて、私を信じる人は前より減っているみたい。それはちょっとだけムカツクから、『花匂毒症候群』を利用して好感度を取り戻してみた。失敗したみたいだけど、まぁいいわ。

「ねぇ、ウェスター様。先に二人でお暇しましょう？　庭園に咲いている薔薇を見ながらお茶会がしたいわ」

　隣に座っているウェスター様の逞しい腕に触れるけれど、彼は新聞を食い入るように見つめたままだった。

　いつも私を第一に考えてくれるのに、今日の彼には全く私の声が届いていないみたい。どうしたのだろうと思い新聞を覗くと、彼が凝視しているのは記者会見の記事だった。ウェスター様も気になるのかしら？　と首を傾げる。

　彼はようやく私の方を向き、新聞を差し出した。

「ルルディナ様。この写真をご覧ください」

　記事にはファルマの王ライナス様とヘラオスの写真がいくつか掲載されていた。ウェスター様のごつごつと骨張った指が示しているのは、その中の一枚。ヘラオスが緊張した表情で登場している写真だ。

「全く情けないわ。王族たる者がこの程度の会見で緊張するなんて」

「注目すべきはヘラオス様ではなく、彼の後方にある扉付近です。人がいますよね？」

「ぼんやりしているけどいるわね。二人確認できるわ」

ヘラオスにピントを合わせているからか、ぼんやりとしているので見づらい。かろうじて男女ということだけはわかる。

「ティアナとリストに見えませんか？」

「……まさか」

新聞を奪うように手にして写真を見れば、腰まであるストレートの髪をした少女がいる。そう言われてみると、ティアナのように見えた。

「この記事によれば、病の原因が花だと気付いたのは、ファルマの王ではなく他の人物であるそうです。ティアナは追放先のエタセルで商会を興してハーブを取り扱っていますよね？　植物に詳しくなっていて、原因が特定できても不思議ではないと思いませんか」

「私の邪魔をしたのがティアナだったなんて！」

私は新聞を切り裂くと地面へと叩きつける。

どこまでも邪魔な女だ。存在自体が目障りで、私の薔薇色の人生の妨げ。

無意識に唇を噛みしめていたせいか、口内に鈍い鉄の味が広がった。

「落ち着いて、僕の愛しき人。君の可愛らしい秋桜色の唇に傷が残ってしまうよ」

ウェスター様は私が傷つけてしまった唇にハンカチを当ててくれていた。

なんて優しい方なのだろうか。誰よりも私のことを考えて傍にいてくれる。

私がウェスター様の腕にしがみつくように身を委ねれば、ムスクの香りが私の体を包み込む。官能的なムスクの香りに甘さも含んだその香水は、私がウェスター様のためだけに作ったもの。世界中でただ一人だけまとうのを許された香水だ。

「――彼女には、消えてもらうわ」

邪魔なやつは全て排除すればいい。

そうと決まれば話は早い。私は立ち上がると「静まりなさい」と声を響かせた。罵声を投げつけ合っていた誰もが口を噤み、静寂が室内を包み込む。

「今回の作戦が崩壊した原因は、元伯爵令嬢のティアナ・モンターレのせいよ。手元の新聞を見なさい。忌まわしき彼女が写し出されているわ」

お兄様や貴族達は疑わしそうな表情を浮かべながらも新聞へと視線を向ける。すると、ざわめきが波紋のように広がった。

「なんということだ。モンターレ伯爵を追放したのに、娘はまだリムスと関わっていたとは！　未練がましい」

「この地に居場所なんてないというのに」

ティアナへの罵声（ばせい）ばかりが聞こえてくる。私は口角を吊り上げた。

「彼女はルルディナ様の邪魔にしかならない。いや、ルルディナ様だけではなく、繁栄を極めているリムス王国の邪魔にしかならないだろう」

ウェスター様の台詞（せりふ）に追従するかのように、あちらこちらから賛同の声が上がる。それを聞きながら彼は続けた。

「彼女をこの世から消してしまうならば早い方が良い。ですよね？　ルルディナ様」

「ええ」

「ルルディナ王女殿下。具体的に何か策はあるのかい？」

宰相からかけられた声に、私は再度頷き口を開く。

「ええ、もちろん。幸いなことに、民衆は私達が花壇に『花匂毒症候群（レームシンドローム）』が起こりやすい花を故意に植えたことを、まだ知らないわ。そこを利用するのです。ティアナがウェスター様に婚約破棄をされた腹いせに、私達を脅したことにするのよ。リムスの人々に危害を加えると脅迫された私達は、やむを得ずティアナの言う通りにしてしまう。私達は彼女の命令に従うまま『花匂毒症候群（レームシンドローム）』を起こしやすい花を植えてしまった……というシナリオはいかがかしら？」

　私はにっこりと微笑む。それに応えるように、ウェスター様もにっこりと笑った。

「ティアナはエタセルでハーブの商会を起業しているから、花は商会から輸入したように書類を偽造しよう。信憑性が増すはずだ」

「ウェスター様、さすがですわ！」

「ほう、それはなかなかの策ですなぁ。では、ティアナの悪事を内部告発する文書を作り、新聞社に送付して世間に広めましょう。王太子殿下宛にも文書が届き、念のために調査したら事実だったと。ルルディィナ王女殿下が涙ながらに謝罪して民の同情を引き、我々が必ずティアナを捕らえて罪を償わせると声明を発表しましょう」

　宰相が言えば、みんなは賛同の声を上げる。

「ルルディィナ王女殿下のアイディアを使えば、真犯人をティアナに仕立て上げられる上に民の鬱憤がティアナに向く。一石二鳥だ。捕らえたら嘘がバレる前にすぐ処刑しよう。暴動が起こる寸前だったが、これでしばらくは落ち着くだろう」

「民を欺くのは簡単だ。きっと成功するだろうな」

「だが、ティアナを捕らえると言っても、エタセルまで誰かを向かわせるのか？　もしバレたら面倒なことになるぞ。エタセルは少し前まで無名だったが、厄介なことにティアナ達によってその名をどんどん高めている。以前の弱小国だったら圧力をかけて黙らせられたが、いまは難しい」

貴族や宰相達が顔を見合わせて議論している中、私は口を開く。

「ヘラオスを使いますわ」

「ヘラオス様か。確かにあいつならばティアナと繋がっているはずだ。さすがはルルディナ様」

あいつを使えば簡単にティアナを捕まえられる。ここにいる者達は本当に頭が弱いわね。

貴族達から称賛の視線が私へ降り注ぐけれど、お兄様だけは渋い反応をしている。

「ヘラオスは俺達の弟だぞ。利用するのか？」

「私は彼を弟だと思えませんの。だって、あの子の母親は庶民でしょう？　お父様の落胤ということで連れてこられましたが、本当にお父様の血が入っているのかは怪しいものですから。それに、この危機的状況の中で、他に良い案がありますか？」

「……ない」

お兄様はぐっと眉間に皺を寄せると首を左右に振った。

「でしたら、私の案に賛成する以外、道はありませんわよ？」

「王太子殿下、ここはルルディィナ様の策を実行するべきです。ヘラオス様達はおそらく手紙のやりとりもしているはず。ヘラオス様の手紙を全て検閲し、ティアナがリムス王国の近くを訪れる時を狙いましょう」

「ティアナなら人質の一人や二人ちらつかせれば大人しく捕まるはずですし」

しばらくの間宰相や周りの貴族達に説得され、お兄様はやっと折れた。

小さなエタセルだけで大きい顔をしていれば良かったのに。

私の邪魔をするからこうなるのよ、ティアナ——

＋　＋　＋

「商会の契約をしていただいた上に、リムスの件に署名をしてくださってありがとうございます」

いま私がいるのは、リムスの隣国ロワの王都にある城の応接間だ。

楕円形のテーブルを挟んで深い森を思わせる色のソファがあり、私と三十代なかばの男性が向かい合って座っている。大きな窓からは美しい庭園が窺(うかが)える。太陽の光を反射してキラキラと輝く噴水と咲き誇る薔薇(ばら)が綺麗。

私はテーブル越しに男性から書類を受け取る。下げていた頭を上げれば、上質な衣装をまとった優しげな瞳を持つ男性――ロワ国の王であるフルハ様が穏やかに微笑んだ。

――ロワ国の署名をもらえたわ。

私はほっと安堵の息をこぼすと手にしている書面を見る。紙の上部には二、三行の文章が記され、下には署名と捺印が。

これは現在のリムス王国の悪政を変えるために、同盟国の意思を表示してもらっているもの。

ファルマでの記者会見のあとに、庭園で私が発案した計画を実行しているのだ。いまは、みんなで手分けして各同盟国を訪問し、王達の署名を集めているという状態。

私はエタセルでの商会の仕事もあるけれど、合間を縫って同盟国に赴いている。

今回ロワ国を訪れたのは、先方から商会と契約したいという連絡をいただいたからだ。商会についての詳しい説明をしている時に、リムスの話題が出た。私が同盟国の王の署名を集めていることを告げると、フルハ様はそれに同意してくれたのだ。

フルハ様の隣には三歳くらいの可愛らしい女の子が座り、両手を上げてはしゃいでいた。満面の笑みを浮かべて、楽しそう。女の子はフリルがふんだんに使われている洋服に身を包み、ふわふわの綿毛のような髪を二つに結い上げている。

彼女はフルハ様の娘であり、この国の第二王女殿下だ。彼女の視線は座っているソファのひじ掛けに注がれている。そこには漆黒の羽を持つ鳥の姿があった。

私と一緒にやってきたコルだ。

コルは王女の遊び相手になってあげているようで、彼女の持ってきた玩具で遊んだり、王女の周りを飛んだりしている。

「フルハ様が同意してくださり、本当に助かります」

私が再度お礼を言うと、フルハ様は首を左右に振った。

「いえ、お気になさらずに。リムス王国のことは決して他人事ではありませんから。すぐ隣の国ですからね」

「リムスの情報は入ってきていますか？」

「ええ、もちろん。隣国ですからね。リムスがこのまま滅ぶという最悪な展開になってしまえば、我が国も打撃を受けることになります。リムスの民がロワへ逃げてくる可能性もありますよね？　人命救助は重要です。ですが、正直なことを申し上げると、我が国は小さな国ですのでたくさんの人々を受け入れる余裕がありません。お恥ずかしい限りですが、自分達の民を守るのが精いっぱいなんです。ですから、不安な要素は早く解消してしまいたい」

疲れきった声を吐き出した、フルハ様の言葉が重い。気持ちは痛いほど伝わってきた。可能ならばリムスの民も救いたいが、自国の民が第一だ。国王の責務として、自国の民に負担をかけるわけにはいかないのだろう。

周辺国のためにもなんとかしなくちゃね。私は拳をぎゅっと握りしめて言う。

「一刻も早いリムスの正常化を求めて、私も署名集めを頑張ります」

「頑張ってください。私も無事に政権が交代されて、新しいリムスに変わることを望んでいます。ティアナ様を応援いたしますよ」

「お気持ち感謝いたします」

私が微笑んでお礼を告げた時、「ティアナさま！」と可愛らしい声が私の名を呼んだ。

私は自然に下がってくる目尻を自覚しながら、フルハ様の隣にいる王女殿下へと顔を向ける。

「どうなさったのですか？」

「きょうは、わたしといっしょにしょくじをしてくれませんか？」

ふっくらとした子供らしい輪郭を持つ王女殿下は、溢れんばかりの笑みを浮かべて私の方を見ていた。

「もっとコルといっしょにいたいんです」

そう言って王女殿下はコルを撫でた。

「我が娘はティアナ様の小さな友人が気に入ったようですね。ティアナ様、このあとに予定はありますか？　もし良かったら、是非私達と食事でも。もうすぐお昼ですし」

「申し訳ありません。ご一緒したいのはやまやまなのですが、ヘラオス様と合流して今後の相談をしなくてはならないのです……」

少し前に、ヘラオス様から今後のことで相談があるので近々会いたいと手紙をいただいたのだ。

私が今日、ロワ国を仕事で訪問する旨を伝えると、ヘラオス様の知人がロワ国で食堂を営んでいるとのことで、店で合流することになった。

「それは重要ですね」

フルハ様は王女殿下と目線を合わせると、彼女へ私の用事を噛み砕いて説明してくれた。王女殿下はコルと離れてしまうことに対して寂しそうな表情を浮かべたが、ちゃんと了承してくれた。

胸が痛んだ私は立ち上がると、彼女の横に屈み込み口を開く。

「王女殿下、お断りして申し訳ありません。絶対にまた来ますので、その時は一緒にお食事をしましょうね」

「ほんとう⁉」

「ええ、もちろんです。ねえ、コル？」

「カァ」

コルの返事を聞き、王女殿下は満面の笑みを浮かべてくれた。


城をあとにした私達は、ヘラオス様と約束していた店に向かうことに。

私が歩いている石畳の道の左右には、赤と灰色の煉瓦(れんが)を組み合わせて作り上げられた建物が連なっている。飲食店が多いようだけれど、人の往来はほとんどない。普段は気にならない自分の足音が、カツカツと響き渡るくらい静か。

酒場のマークが多く見られるため、もしかしたら夜には賑(にぎ)わっているのかもしれない。

太陽が出ているいまは、ところどころ食事処や喫茶店を営んでいる店が見受けられるだけだ。

日の光が暖かいため、店先で椅子に座り読書をしている人や日向ぼっこをしている猫がいて、ゆっくりとした時間が流れている。観光地というよりは地元の人々が暮らしている生活の場という印象だ。

奥に向かって進んでいくと、黒と茶の間の色をした建物が左手に見えてきた。入り口には四本の柱と分厚い板で雨除け（あまよけ）が設置されている。そこには鉄製の看板が掲げられており、ワインの樽と店の名前が彫られていた。私はここが待ち合わせの場所だとわかった。

「あれ？」

私は店の前に佇む（たたずむ）と首を傾げる。

窓はクリーム色のカーテンで全て覆わ（おおわ）れ、扉には準備中という小さな看板がぶら下げられていたからだ。

「私、時間を間違えちゃった……？」

肩から下げている鞄（かばん）から手紙を取り出して、時間を確認する。便箋（びんせん）にはちゃんと十一時と書かれている。

「合っているわ」

ただ、便箋（びんせん）に訂正の跡があるのが引っかかった。

一時と書かれた上に二重線が引かれて訂正されているので、もしかしたらヘラオス様が勘違いをしているのかもしれない。

「コル。お店は開いてないし、ヘラオス様も来ていないから、もう少し時間が経ってから来ようか」

右肩に乗っているコルに声をかけるけれど、コルは返事をせずじっと扉を見ている。

何かコルの興味を引くものがあるのかなと思っていると、扉の上部に設置されている鐘から涼しげな音が聞こえた。同時に扉が開く。

現れたのは、私と同年代くらいのウェイトレスさん。二つに髪を結い上げ、白いブラウスに黒のスカートを着ている。彼女は店から外に出ると、にこりと笑った。

「いらっしゃいませ！　タイミングが良いですねー。いま、ちょうど店を開けるところだったんですよ。さぁ、どうぞ中へ」

「すみません、またあとで来ます。待ち合わせしている友人が来るまで、そのあたりをぶらぶらしています。きっと友人は時間を勘違いしていると思うので。私だけ中に入ると、コルを長時間外で待たせちゃうし」

店内にはコルは連れていけないため、コルはいつも、外で待っていてくれるのだ。

「うちはカラスも一緒で大丈夫ですよー。他のお客様もいませんので」

「いえ、お気遣いなく。また時間を見て来ますね」

開店したばかりということは、いまから他のお客さんが来る可能性が高い。そのため、私はコルとそのへんをぶらつくことにした方が良いと判断した。通りに屋台があったから、コルと共に軽食を取ってまったりしていれば良いし。

「コル、行こう」

肩にとまっているコルの方を見ると、なんだか様子が変だった。

コルは円らな瞳でウェイトレスを頭の先から足先まで観察するように見ている。そんなこと、いままで一度もしたことがなかったので、私は眉をひそめてしまう。

「コル……？」

私が呟くと、コルがウェイトレスに向かって「近づくな！」とでも言わんばかりの大声で「ガァ」と何度も鳴いた。そして私の肩から飛び立ち、私のワンピースの襟元を嘴で掴むと引っ張り出す。

明らかにコルはウェイトレスを威嚇している。何かがおかしいと私がとっさに逃げようとした時、鈍い銃声と共に火薬の匂いが鼻を掠める。

痛々しいコルの鳴き声が耳に届き、私は何が起こったのかをすぐに察した。

「あなた、なんてことを！」

私の前には、銃を構えたウェイトレスの姿がある。

彼女はコルを撃ち落としたというのに、罪を微塵も感じさせない笑みを浮かべていた。

私がすぐさま屈み込んで足もとに倒れているコルを抱き上げようとすれば、ぬるりとした感触が手に伝わった。血の気が引いていく。

初めてコルと出会った時も怪我をしていたけれど、それとは全く比べものにならないくらいの出血量だ。

こうしている間にもコルの体から流れる血が私の腕を伝い、地面に染みを作っている。

私は鞄（かばん）からハンカチを取り出すとコルの体に巻きつけた。旅先にはストール代わりになる大判のハンカチを必ず持参するようにしている。今日も持っていて良かった。それをコルの体にぴったり巻くことができた。

「ごめんねー。一発で楽にしてあげられなくて。私、拷問が得意だから一発で殺すのが苦手なの」

からかうような言い方に、私は激高した。

「ふざけないで」

両手が自由になっていたらきっと彼女の胸倉（むなぐら）を掴んでいる。

「たかがカラス一羽で怒らないでよー」

「カラス一羽ですって？」

「そんなに睨（にら）まないで。さぁ、立ち話もなんだし中に入ってよ。中にいる人達は、ずっとあなたが来るのを待っていたんだから」

彼女が振り返り、店の扉をゆっくりと開けると、建物内が見えた。

磨き上げられた艶のある床の上には、複数のテーブルと椅子が等間隔に並べられている。その中に目を疑うものがあった。

縄で縛られている人が数人いたのだ。

調理服をまとった中年の男性とウェイトレスの衣装を身に着けている女性が三人。彼女達が本物の店員なのだろう。

「逃げようとは思わないでね。あなたが逃げた途端に、こいつら殺すから」

偽者のウェイトレスの少女は口の端を歪めながら私に近づいてくる。

「狙いは何？」

「あなたをリムス王国へ連行すること。私の雇い主は、あなたのことが目障りなんですって」

私は唇を噛みしめる。犯人に心当たりがあった。間違いなく、ルルディナ様達だろう。何故、私がロワ国に来ることを知っていたのだろうか。

「追放先で大人しくしていれば良かったのに」

「……何故私がロワ国にいて、ここに来ることがわかったの？」

「手紙の検閲。あっ、時間は私が書き換えさせてもらったの。ついでに、ヘラオスは捕らえられてリムスの地下牢にいるわ」

私は目を見開いた。ヘラオス様が捕まっているなんて……ということは、見られた手紙はヘラオス様とのものだろう。卑怯なやり口に怒りがおさまらない。

「私もヘラオス様のように、地下牢に連れていくつもり?」

彼女がクスクスと笑い出したため、私は眉をひそめる。

「あなたは地下牢行きじゃないわよ。城内にある広場で処刑されるの。大勢の民の前で命を散らせる。国家反逆罪でね。いくら婚約者をルルディナ王女殿下に奪われたからって、王女殿下を脅迫して『花匂毒症候群(レームシンドローム)』を発症させる花を輸入なんてさせちゃ駄目よ。その上、王都に混乱を招いて民を危険な目に遭(あ)わせちゃうなんて」

「そういう筋書きなのね」

王女は私のことを疎(うと)ましく思っているので、排除したいのだろう。その上、民の鬱憤(うっぷん)は溜まりクーデター寸前の状況。その怒りを私の処刑で解消するつもりなのかもしれない。城の広場での処刑なんて、リムスでは聞いたことがない。しかも民を集めるとは裏がありすぎる。

私はぐっと少女を見据えた。

「あなたの言う通りにするわ。ただし、コルの治療と中の人達の解放が条件よ」

「いまは無理ね。だって、中のやつらを解放している間にあなたが逃げ出すかもしれないし。あなたを無事リムスまで連れていったら、解放してあげる。というか、わかってないの？　あなたに選択肢なんてないのよ」

「……っ」

私は唇を噛みしめる。人質とコルのことを考えなければならない。私の行動で、彼らの運命が決まってしまう。

「カァ」

腕に抱いているコルが弱々しい鳴き声を上げたので視線を向ける。コルは私の腕に顔をすり寄せ出した。

「コル……？」

いつもコルが私やライに甘える仕草なんだけれど、いまは妙な胸騒ぎに襲われてしまった。

その予感は的中したようだ。コルは羽を大きく羽ばたかせ始めてしまう。

「コル！　その体で飛んじゃ駄目！」

悲鳴に似た声を上げたけれど、コルは私の制止を振りきり、空へと飛び立つ。傷を負っているのに、ぐんぐん加速していく。

とても飛べるような体ではないはずだ。私は不安で胸が押し潰されそうになってしまう。
「あら？　自分だけ逃げるつもりかしら。得策ね。でも逃がさない」
少女がコルが飛んでいる空へ向かって銃を構えた。私は彼女の腕にしがみつくように
して止める。これ以上、コルを傷つけることは許さない。
けれど、彼女があっさりと銃を下ろしたため、私は呆気にとられてしまう。
「カラスごときを馬鹿みたいに一生懸命庇っているけど、残念ながらこの銃は短距離用
なの」
「それは良かったわ」
私は彼女が撃てないことに対して、ひとまず安堵の息を漏らす。
そして、天を見上げ、遠ざかっていくコルを見つめる。
どうか、誰かがコルを見つけて治療をしてくれますようにと祈りながら――

縄で両手を縛られたまま私が連れてこられたのは、彼女が言っていた通りリムス城の
広場。切り開かれた大きな敷地には半円状の舞台がある。
陛下が元気な時には、年に一度民を招いて宮廷音楽家達の演奏会が行われていたのだ
が、あの頃の面影はない。

舞台には大きな丸太が立てられて固定されている。丸太には木釘が打ちつけられていた。その周りには藁や木々などよく燃えそうなものが設置されている。誰が見ても処刑場であることが一目瞭然だ。

舞台前に張られたロープ越しに、人々が処刑台を不安げな表情で見ていた。人々は私を視界に捉えるやいなや、「ティアナ様」と私の名を叫び出す。

「本当にティアナ様が犯人なんですか!?　私にはとても信じられません！」

「私もです！　あの伯爵のご令嬢であるティアナ様が罪を犯すなんて……どうか、ティアナ様の口から真実を」

「婚約破棄された腹いせに俺達が巻き込まれたんじゃ、迷惑だよな」

「伯爵は俺達のために色々動いてくれていたのに、娘は厄介者だ」

群衆の声を聞く限り、民は二つの意見に分かれているようだった。私を信じてくれている者、そして私が罪人だというルディナ様達の言い分を信じている者。

私を擁護してくれている者が三分の一、断罪の声を上げる者が三分の二くらいだろうか。断罪の声を上げる者達の中には、過激な言葉を投げつけてくる人達もいる。信じてもらえないことに心が耐えられず、何度も否定の言葉を発したくなった。

唇を動かそうとしてしまったけど、私の傍にはあの偽ウェイトレスがぴったりと張りついている。

彼女はウェイトレスの恰好から死刑執行人の衣装に着替えをしているので、この場にいても違和感がない。

私が自らの無罪を主張しようものならば、きっとロワ国の人質の命はないだろう。

「あら？　いらっしゃったようね」

彼女が跪(ひざまず)き、深く首(こうべ)を垂れ始めたため、私はその方向へと顔を向ける。すると、そこには私を陥(おとし)れた人々の姿があった。

処刑場に不釣合いな絢爛豪華(けんらんごうか)なドレスをまとっているルルディナ様を中心に、ウェスター様、王太子殿下、宰相の姿が。彼女達の後方には議会で顔を利かせている貴族達の姿があった。

「ティアナ、ごめんなさい」

私の前に立った王女は声を震わせると、膝から崩れ落ちた。そして両手で顔を覆(おお)う。

急な彼女の変化に対して、私は思考が働かず何度も瞬(まばた)きをしてしまった。

「は？」

「私、やっぱり民に申し訳なくて黙ってはいられなかったの……あなたに王都の民を傷つけるように脅されていたことを。『花匂毒症候群(レームシンドローム)』の症状が報告されている花を王都に植え、病を故意的に流行させるなんて……罪の意識に耐えきれないわ」

「ルルディナ様。あなたは何も悪くない。悪いのは私だ。君がティアナに苦しめられているのに気付いてあげられなかった。すまない」

ウェスター様が慰めるようにルルディナ様の肩を抱くと、民衆に動揺が走る。

「やっぱり真実だったの？」

「王女殿下、本当に泣いているわ」

安い芝居だなぁと私は思ったが、耳に届く民の言葉を聞き、彼女の演技を信じ始めている人々がいることを知る。

「泣き真似がとてもお上手ね」

私がそう言えば、ピクっと彼女の肩が動いたのがわかった。

内心苛々（いらいら）しているのだろう。けれど、この状況で私を糾弾でもしようものなら、いままでの演技が無駄になってしまうから、できないだろうし。

このままではルルディナ様達の思うがままになってしまう。私は現状を打破するために、ヘラオス様と仲が良い王太子殿下に直訴することにした。彼が一番、この中で話を聞いてくれそうだから。

「王太子殿下」

私は先ほどから黙っている王太子殿下へと顔を向けた。彼は「なんだ」と口を開く。

フォルス王太子殿下は、見目麗しき王子だった。

サラサラの金糸のような髪は左右に分けられ、耳たぶの長さで切り揃えられている。瞳は王女と同じ色。透き通った宝石を思わせるような切れ長の目でこちらを見ている。

身にまとっている衣装はリムスの伝統的な刺繍が施され、ところどころに夜空に輝く星にも負けない宝石が縫われていた。

まるで絵に描いたような王子様だ。彼の美しさに臆さないよう、私も彼を見つめ返した。

「こんなことをしてよろしいのですか？　あなたも破滅しますよ」

「何故私が破滅するんだ？　この状況をわかっているのか？　破滅するのは君だろうが」

「そうですね。このままでは私は破滅するでしょう。でも、私だけじゃない。殿下達もですわ。リムスの悪政を変えようと動いている人達がいます。彼らの手によってリムスの新しい時代が絶対に来ますわ。いまならまだ戻れます。どうか私の話を聞いてくれませんか？　ヘラオス様だってそれを望んでいる」

ヘラオス様の名を出した途端、彼の冷静だった表情がさっと変化する。その顔には、苦しげな感情を浮かべていた。

「殿下、しっかりなさってください。あなたはリムス王国にとって最も気高き者。リムスを導く者なのですから」

　とっさに宰相が王太子殿下の肩を叩きながら言った。

　――昔からこんな風に身分を持ち上げてくる大人が周りにいれば、そりゃあ貴族主義に染まるわね。

「ティアナ、罪人の分際で気安く殿下に声をかけるなんて無礼だぞ」

　宰相は眉を吊り上げて私を睨むと、王太子殿下の背に手を当て、私と距離を置かせる。

　離れていく殿下の代わりに、今度は元婚約者であるウェスター様がやってきた。彼の傍には寄りそうようにルルディナ様の姿が。彼女は私の姿を見たくないのか、扇子で顔を隠している。

「無様だな、ティアナ。遺言があるならば聞いてやっても良いぞ。私は慈悲深いからな」

「そうですか。ではしゃべらせていただきます。私、あなたと婚約破棄して本当に良かったです。クズ男と別れられてラッキー！　あなた、王女殿下とお似合いですわ。脳内花畑コンビで」

「クズだと!?」

　ウェスター様は私の言葉を聞き、顔を真っ赤にさせる。そして役人達を指さして「処刑の準備を始めろ！」と叫んだ。

彼の声を合図にし、私は騎士達の手により丸太の方へ連れていかれる。

――死にたくはない。撃たれたコルの容体も気になるし、何よりもまだやるべきことがあるもの。

だが、彼らの前で取り乱したりはしたくない。私にだって矜持があるから。

私は両手を上げられ、縛られている縄を木釘に引っかけられた。木釘が私の身長よりも高い位置にあるため、爪先立ちのような体勢になってしまう。そして胴体が丸太に縛られる。逃げられないようにきつく縄を結ばれた。

助けが来てくれる可能性は少ないだろう。ファルマやエタセルはリムスからは遠すぎて、すぐに駆けつけられない。私の命の終焉のカウントダウンが始まろうとしていた。

死ぬのは怖いけれども、あいつらに屈するのだけは絶対に嫌だ。

心が弱り、俯きそうになるのを堪え、前を見据えようとした時だった。

広場全体を覆うかのような大きな影ができたのは。

雲だろうと思っていた私だったが、絹を裂くような悲鳴が群衆から届き、屈み込む者達が視界に入ってきたので、異常を感じた。

「……一体、何が？」

天を見上げれば、広場の上空を覆うように、カラスの群れが旋回していた。空だけではない。あたりに植えられている木々や建物にもカラスがとまり出し、円らな瞳で人間達を見ている。

リムスだけでなく近隣諸国のカラスが一堂に集結したと言われても不思議ではないくらいの大群だ。いままで生きてきて一度も見たことがない異様な光景に、私は呆然としてしまう。

カラスの鳴き声が広場に降り注ぐ。数が多いため、まるで耳元で演奏されているかのような大きな音だ。

「な、何故あんなにカラスが……」

ウェスター様の動揺する声が聞こえてきた。

「やだ、気持ち悪い。早く中に入りたいわ。糞が落ちてきたら嫌だもの。あと、声もうるさい」

王女がウェスター様の腕にしがみついた。彼は「早く処刑を始めろ」と執行人を急かす。

私を連れてきた少女も空の異常さを気にしていたが、任務遂行のために騎士からランプと松明を受け取った。そしてランプを地面へと置き蓋を開けると、松明に火をつける。

「バイバイ、お嬢ちゃん」

少女は私の前に来てクスクスと笑う。松明を持ったまま離れた場所にいる王太子殿下のもとへ向かった。

少女から準備ができたのを告げられた王太子殿下が、口を開く。

「これよりティアナ・モンターレの処刑を執り行う。さぁ、火を――」

「カァ！」

王太子殿下の宣言をかき消すかのように聞き慣れたカラスの鳴き声が聞こえたかと思えば、木々にとまっていたカラスが処刑執行人の少女へと一斉に襲いかかる。彼女の全身はカラスにより真っ黒になっていく。

少女の叫びがあたりに響き、広場にいる全員が息を呑んだ。

「カラス達が私を助けてくれたの？」

思わず、私は呟く。さっき、コルの声が聞こえたと思ったけど、もしかして――

私はカラスの群れからコルを捜そうと視線を動かすと、バサッという羽音と共に私の前に黒い鳥が現れた。体には包帯が巻かれていて、痛々しい。

「コル！」

無事で良かったと私は安堵の息を漏らすと、視界が滲んでいく。

コルが撃たれた時、抱きしめた時の感触がまだ手中に残っている。ぬるりとした温かさを含んだ、血液が流れていく感覚が。だから恐ろしかった。あのままコルが死んでしまうんじゃないかって。

「もしかして、ここに集合しているカラスはコルの友達？」

「カァ！」

コルがそうだよ！　と言うように一度高く鳴く。

「そうなんだね。ありがとう」

コルにお礼を言うと、コルは仲間と共に私が縛られている縄を解こうとし始める。だが、あまりにも頑丈で、縄は簡単には解けない。

「このカラスはティアナのせいなのか。どこまで私とルルディナ様の邪魔をすれば気が済むんだ」

怒りで顔を真っ赤にしているウェスター様は、舞台の上に落ちているランプを手に取ると、私の方へと近づいてきた。

松明（たいまつ）が消えてしまっているため、ランプの火を使用して処刑を執行しようとしているのだろう。

「コルもコルの友達も逃げて。私のことは良いから」

そう言うが、コル達はやめようとしない。ウェスター様は、どんどん近づいてくる。

「全部ティアナが悪いんだ。私の愛しい人を傷つけたのだから。カラスと一緒に焼かれれば良い」

「コル、お願いだから言うことを聞いて。逃げなさい！」

私は叫ぶけれど、コル達は諦めることなく、縄を解こうとしている。でも、こんな短時間では難しい。このままでは私のせいでコル達まで燃えてしまう。

そんなことには絶対にさせたくない。

「さぁ、地獄の業火に焼かれるんだ。私の手で消してやる。私は愛しき姫君を守る王子だから」

ウェスター様が王女殿下を振り返ると、彼女は頬を染めた。脳内お花畑だと思っていた二人だったが、お花畑どころではない上に害悪すぎる。

誰か助けて。このままでは、コル達が……！

そう祈った時、頭の中に浮かんだのはとある人物だった。

「――ならば、俺も愛しきティアを守る王子になろう」

その時響き渡ったのは、私がつい先ほど思い浮かべた人の声だった。

コルの嬉しそうな声が頭上で聞こえたかと思うと、複数の足音が聞こえてくる。私が弾かれたように顔を向ければ、ライとリーフデ様の姿があった。

ライは、国王たるすさまじい威圧感をまとっている。

変装時やエタセルに来る時には、国王オーラは感じられないのに。彼は怒りをあらわにしながら、リーフデ様を引き連れて私の方へ歩いてくる。広場に集まっている人々は彼の雰囲気に怖じ気付いていた。

けれど、私の傍に来た途端、ライは表情を緩め、優しく声をかけてくれる。

「ティア、無事か？」

「ヘラオス様とロワ国のお店の人が……」

「そっちは大丈夫だ。ちゃんとロワの王が助けたから。ヘラオスはリストが助けに向かっている」

ライとリーフデ様は縄をナイフで切りながら教えてくれた。丸太と同化しそうだった私の体はものの数秒で自由になる。

少し心にも余裕ができ、ほっと安堵の息を漏らす。

コルも人質も助かったし、私も助かったので良かった。

「ティア、怪我は？」

ライは私の頭の先から爪先まで確認した。

「大丈夫。でも、どうしてここが……？」

「コルがロワの国王に助けを求めてくれたんだ。怪我しているコルを見て、ティアに何かあったと察してくれたらしい。すぐにコルの治療をしてくれて、魔術師が転移魔法を使って俺に連絡してくれたんだ」

「そこからは僕とアールの出番ってわけ。アールがリストとメディに連絡するためにエタセルへ一旦向かい、僕はライナスと共にこっちに」

「ありがとうございます」

「コル、良く頑張ったな。コルのおかげだ。えらいぞ」

ライがコルへと声をかけると、コルは明るい声で「カァカァ」と鳴き、ライの右肩に飛び乗る。ライが微笑んでコルを撫でるとコルは目を細めた。

「さて、反撃開始といきましょうか」

私は気合いを入れるとルルディナ様達のもとへ足を進めて仁王立ちになる。ルルディナ様達を見据えれば、彼女達の肩が大きくビクつく。もう私が冤罪であることも、真犯人を告げることも可能だ。囚われの身である者達はいないのだから。

私は民衆の方を見ると唇を開く。

「私は無罪ですわ。全てはここにいる王太子殿下及び王女殿下をはじめとした人々の策略です。みなさん、リムスはこのままで良いのですか？　悪政による苦しい生活のままで。このままでは私達の祖国リムスは滅んでしまいます」

広場中に聞こえるくらいの大声で叫ぶと、「嘘よ！」というヒステリックな言葉が私に届く。
苛立ち交じりのルルディィナ様の声だ。

彼女がヒールをカツカツ鳴らしながらウェスター様と共に私のもとへやってこようとする。するとライが私のことを守るように楯になってくれた。何故かウェスター様も負けじとルルディィナ様の前に出て、楯となる。

「これ以上、ティアを傷つけるのは許さない」

ライが私を抱きしめながら言うと、ウェスター様は不機嫌そうな表情を隠さず口を開く。

「ライナス様。どうか賢明な判断をなさってください。これは我が国に関すること。他国が口を挟むべきではありません。内政干渉に値します。ファルマの王であるライナス様にとってあるまじき行為です。ティアナが無罪だなんてありえません。ルルディィナ様は彼女に脅されていたのですよ。証拠もあります」

ウェスター様は、ライに書類を見せつける。けれどライは、取り合おうとしなかった。

「そんなもの証拠にはならないだろ。捏造だからな。リーフデ、本物の証拠を提示してやれ」

「了解」

ライの言葉にリーフデ様は頷くと、手で空(くう)を切るような仕草をする。その直後、掌(てのひら)に光が集まり出す。

やがて光が弾け飛び、手中には数枚の紙が。彼はそれを群衆に向かって掲げた。

「俺はお前達の悪事を知ってから、色々な情報を集めていたんだ。見てくれ。リーフデが持っているのが本物の契約書だ。花をエタセルから輸入したと言っていたようだが、本当は全く別の国からだ。そもそもティアの商会では『レーム』が含まれている花を扱っていない。ティアに脅されて花を仕入れたが、罪悪感に苛(さいな)まれて薬を事前にファルマから購入したとリムスの新聞記事で語っていたようだな。だが、薬は花が輸入されるよりも一か月も早く注文されている」

「ティアナに花を買うように脅されていたので、先に薬を注文しておいたのよ」

「だったら何故『花匂毒症候群(レームシンドローム)』の可能性があるとわかっていたのに、流行する前に薬を配布しなかったんだ？　普通はするだろう。お前達は原因不明の病を流行させ、ある程度認知されるのを待っていたんだ。調査した振りをして、薬を無料配布し、支持率を上げるために」

ライの言葉に、群衆がざわめき始める。

「ティア！」

突如、悲痛な叫び声が聞こえた。私は声がした方向へと顔を向け、大きく目を見開く。城門付近に、騎乗したお父様とフルハ様の姿があったのだ。

二人とも険しい表情をして王太子殿下達を一瞥すると、こちらに向かってきた。

全く想像もしていなかった二人の登場に驚いたのは私だけではなく、群衆も同様で、驚愕（きょうがく）の声を上げている。

お父様達は二人ではなく、ロワ国の国旗をはためかせている騎士団と、追放された第三派を率いていた。

「我が国の民を危険にさらした罪は償（つぐな）ってもらいます。それから娘の友人である可愛らしいカラスを傷つけた罪も。リムスのやり口は全てこいつらが吐きました。もっと口が堅い者を雇うべきでしたね」

フルハ様が顎（あご）をくいっと動かすと、騎士が引きずるようにして、腰元を縛られた男達を連れてくる。彼らはロワ国の店で店員達を人質にとっていた者達だ。

「隣国として、これ以上罪を見過ごすわけにはいきません。王太子殿下、ルルディナ王女殿下にはいますぐ王位継承権の放棄をしていただき、悪政の禍根（かこん）である一部の貴族達も一掃してもらいます」

「いくら同盟国とはいえ、口を出しすぎではないか！　この国への恩を忘れたのか！」

「内政干渉だ！」

「そいつらは嘘を言っている！」

批判された貴族達は猛反発。当然だろう。いままでの自分のポジションがなくなり、甘い汁が吸えなくなってしまうのだから。

「ティア、これは俺が集めた分。あいつらに見せてやるんだ」

ライは私に封筒を差し出してくれた。厚さが三センチくらいはありそうだ。

中身はおそらく同盟国の署名だろう。私も集めているけれども、これの三分の一ほどだ。こんな短期間で集めてくれたなんて。

「ライ、こんなに集めてくれたの？　執務で忙しいのに……」

「それはティアも一緒だろう？　ティアが頑張っているから、俺も頑張れたんだ。さぁ、あいつらに引導を渡して」

「うん」

私は封筒から一枚を取り出すと、ルルディナ様達に見せつけた。

「リムスの同盟国からの、王太子殿下とルルディナ様の王位継承権の放棄、それから宰相をはじめとする各大臣達の退任要求の署名です。あなた達は追放後、幽閉生活を送ってもらいます。これに応じない場合は、リムスとの同盟を破棄するそうです」

「なんですって⁉」

ルルディナ様は私から紙を奪うと、真剣な眼差しで文章を追っていく。

ルルディナ様の周りを囲むように、ウェスター様をはじめとした貴族達が集まり出す。

王女達の顔から血の気が引き、中にはショックのあまり崩れ落ちる者までいた。

ルルディナ様は、キッと私を睨みつけながら言う。

「私を城から追い出しても良いと思っているの？　私は美容の仕事でこの国の利益を生み出している。私がいなくなったら、国が滅ぶわよ」

「――その件に関してはちゃんと考えております。あなたがやったことは最低ですが、こちらとしても姉上がリムスに与えてくれた恩恵には感謝をしていますよ。ですから、あなたの愛するウェスターと共に西の森にある塔で軟禁生活を永久に送ってもらうことで手を打ちます」

突然聞こえてきた第三者の声の方に、私達は一斉に顔を向ける。そこにはヘラオス様、お兄様、メディの姿が。

連行される時にできたものなのだろうか、ヘラオス様の頬にガーゼが貼ってあり、痛々しい。

彼は階段を上りながら私のもとまで来ると、「危険な目に遭わせて申し訳ない」と弱々しく謝罪した。そしてヘラオス様は王太子殿下の前に立ち、まっすぐ王太子殿下を見据えて言葉を放つ。

「兄上、お願いです。もう終わりにしましょう」

「……ヘラオス」

「俺は、子供の頃の関係のままでいたかったです。兄上が大好きだったから。だから、民が苦しんでいるのを知っていながらも、兄上達を止められなかった。俺はその罪を償っていきます」

声を震わせながらヘラオス様が言う。王太子殿下は俯き、肩を震わせた。

兄弟の間には、長い年月を共に過ごした分だけ、言葉にできない感情があるのだろう。もっと違う環境で育ったならば、こんな寂しい結末を迎えずに済んだかもしれない。

そんなことを思っていたら、急にお兄様が恋しくなった。隣にいるお兄様の手を握る。

小さい頃はよくお兄様と手を繋いだけれど、最近はそんなことなくなってしまった。でも、あの頃と同じでお兄様の手は大きくて温かかった。

お兄様は私の方に顔を向けると、寂しそうに微笑んだ。私も、彼に微笑み返す。

――こうして、リムス王国の騒動は幕を下ろしたのだった。

城の広場は処刑道具類が全て片付けられた。

私とコル以外誰もいないため、ひっそりと静まり返っている。私は舞台上に座りながら、ついさっきまで群衆がいた場所をただ眺めていた。

ライやコル達の助けが少しでも遅かったら、私の命はここで尽きていただろう。

「コルが無事で良かったわ」

私は膝の上ですやすやと眠っている漆黒の鳥を撫でる。掌から感じる温かさが、私に安堵をもたらしてくれた。

メディがコルに治癒魔法を施してくれたので、傷口は綺麗に塞がっている。一見すると完治しているようだ。でも、まだ万全の状態ではない。しばらく飛翔禁止で、安静にしなければならないみたい。薬も必要らしく、いま、メディが城の一角にある薬草室で調合してくれている。

「ティア」

優しく私を呼ぶ声にゆっくりと視線を上げれば、舞台の階段を上り終えたライと視線が合う。彼はこちらにやってくるとふんわりと微笑み、私の隣に座った。

「コル、眠っているのか？」

「うん」

「功労賞はコルだな。怪我をしている上に小さい体でよく頑張った」

ライが腕を伸ばして、眠っているコルを撫でる。

「コルはホッとしていると思うよ。大好きなティアを守れて。俺も、同じように思っている。本当に間に合って良かった」

突然、ライが私を抱きしめたため、私は大きく目を見開いてしまう。

「ティアまで失ってしまうかと思った……」

震える彼の声と体。ライはお母様のことを思い出しているのかもしれない。

彼の目の前で、疑いを晴らすために、身を犠牲にした母親を。

私はライを傷つけてしまったことに気付き、胸が締めつけられてしまう。だんだん視界が滲んでいく。

ライにはいつも笑っていてほしい。悲しい顔なんてさせたくないのに。

私はコルに触れていない方の手を伸ばすと、ライの体に回してぎゅっとしがみつく。

「ティア、好きだよ」

「えっ⁉」

彼の口から出てきた想像もしていなかった台詞に、私は驚きの声を上げてしまう。

「最初は伯爵の娘として顔を知っていただけだった。でも、ティアとファルマで会って話をした時に、俺が抱いていた印象と、実際のティアのギャップに興味を持った。そして、自分の描いている未来を形にしてどんどん手に入れていく姿を見て、惹かれていったんだ。ティアの力になりたい。守りたいって」

「ライ……」

ファルマでライに出会った時に、ライが私のことを肯定して背中を押してくれなければ、いまの私はこの世にいない。いつも前を向いて戦えるのは、ライがいてくれるからだ。相談するならば絶対にライにしようとすぐに思うし、良いことがあったら真っ先に報告したい相手もライだ。

彼は一緒にいて楽しいし、落ち着く。私の帰る場所のような人だ。

ライのことが好きなのか？　と問われれば好き。

ちゃんと答えようと思ったけれど、鼓動が高く跳ね上がりすぎているし、体中の血液が沸騰（ふっとう）寸前なくらいに熱くなっている。

私は上手に言葉を発することができなくて、ただ頷いたのだった。

あのあと、リムス王国は大きく変化を遂げた。

政権は解体され、王太子殿下達は当初の予定通り幽閉された。新王を即位させるにあたって、王を支える宰相をはじめとした重鎮達も一新されることになった。

本日、民を集めて、城のバルコニーにて新しい王と宰相による演説が始まる。

その新しき王と宰相とは――


「緊張しすぎて胃が痛い……どうしよう、これ以上鼓動が速くなったら。頭が真っ白になって、夜なべして考えた原稿を忘れそうで怖いよ。何千もの人の視線が自分に向けられるなんて、考えただけで足が竦むし」

強張った表情をしているヘラオス様は、ソファに座って原稿を眺めている。

彼の声は「あっ、緊張しているな」と初対面の人物でもわかりそうなくらいにガチガチ。

もうすぐ始まる新王と宰相の演説のために、私達はバルコニー付近にある控え室で待機していた。

先日行われた議会にて、リムス王国の新しい国王は、ヘラオス様に満場一致で決定。

宰相の座にはお父様が打診されたけれども、お父様は荒れた領地を元に戻したいと丁寧に断った。そこで次点で投票数の多かったお兄様が任命されることになった。

「げ、原稿が読めない……」

ヘラオス様の緊張は、彼が手にしている原稿にも伝わっているようだ。原稿が震えている。

そんな彼に声をかけようと思ったけれども、余計に緊張させると悪いのでそっとしておくことに。

一方の新宰相は？　というと、新国王と似たような状況となっている。

窓際へと顔を向けると、真紅のベルベットのソファに座っているお兄様の姿があった。私は彼の方に歩いていく。傍にはライの姿もある。屈み込んでお兄様の様子を気遣ってくれているようだ。

「リスト、少し水を飲むか？」

「……もらいたい」

顔面蒼白気味のお兄様は、ライの言葉に頷く。

「コル、ちょっと撫（な）でさせて。癒（いや）されたい」

お兄様は私の右肩に乗っているコルへと声をかける。コルは羽ばたき、お兄様の膝の上へ。

ヘラオス様が緊張しやすいのは、ファルマでの会見で知っていた。でも、お兄様が緊張するのは意外だった。見知らぬ人の前に出ても、いつも冷静に対応しているのに、今日に限っては精神を乱されているようだ。

「珍しいな、リストが緊張しているなんて」

ライは水差しからグラスへ水を注ぐと、お兄様へと差し出す。

「僕だって緊張くらいするよ。ただ、こんなにも緊張するのは……」

ちらりとお兄様はヘラオス様を見た。どうやら彼の緊張がお兄様に伝わってしまったようだ。

「ティアは緊張していないようだな」

お兄様の世話を一通り終わらせて、ライが私のもとへとやってくる。

「私も多少は緊張しているよ。でも、見に来てくれるのは縁もゆかりもない人達じゃなくて、王都の人々だから」

今日は新王と新宰相が演説をする日なのだが、私も参加することになった。

リムスでは役職に就いてないし、私はいまもエタセルに住んでいる。けれども、今回の王太子殿下達の騒動を解決したため、民に顔を見せて、少し挨拶をすることになったのだ。

「こういう時、ライナス様は良いですよね。緊張しないから」

ヘラオス様が羨ましそうな顔でライを見つめる。一方のライは、きょとんとしていた。

「いや、俺だって緊張はするぞ」

「どんな時に緊張するんですか？」

「告白した時」

予想もしていなかったライの台詞(せりふ)に、私は飲もうと思っていた紅茶を噴き出しかけてしまう。

告白って私にしてくれた時のこと!?　思い出すだけでも、体温が一気に上昇してしまった。頬がすごく熱い。

「……待って。ティアとライってそういう関係なの？　全然二人から聞いていないんだけど!?　もう、緊張とかどうでも良い！　妹を取られた悔しさと、ライが大事なことを僕に黙っていた寂しさの方が上回っているよ」

お兄様は瞳を潤(うる)ませ、肩を落としてしまう。それにはすかさずライのフォローが入った。

「リストに黙っていたわけじゃないよ。ティアから返事をもらってから伝えようと思っていたんだ。いらぬ心配かけると悪いからな。俺にとって、ティアもリストも大事だよ」

ライは微笑んだ。彼の言葉に、お兄様は感極まっている。

「ティアから良い返事をもらって、彼女がファルマに来てくれることになったら、リストもおいで。良いポジションを用意するから」

「さらっとうちの宰相をヘッドハンティングしないで！　俺もリムスもかなり困るからさ」

ライの言葉に、ヘラオス様はとても慌てている。ライはにこやかにふたたび口を開いた。

「リストの大好きな蜂蜜ケーキを毎日作るよ」

「えっ、蜂蜜ケーキ!?」

お兄様は目を輝かせる。ヘラオス様はそんな彼を見て、天を仰いだ。

「待って。ねぇ、ケーキで揺るがないでくれ」

「ライの蜂蜜ケーキは、毎日食べたいくらいなんですよ！」

「確かにとてもおいしかったけれども……」

ついさっきまで緊張して仕方がなかったはずの二人は、緊張を忘却の彼方へ放り出したかのように賑やかにしゃべっている。表情も和らぎ、いつもと変わらない感じがした。

もしかしてライが気を遣ってくれたのかもしれない。

私がライの方を見ると、彼は人差し指を口に軽く当てる。その仕草を見て、ふっと肩の力が抜けた。

ライは本当に優しい。私だけじゃなくて周りのみんなに対しても。それがちょっとだけ寂しいし複雑だ。私だけを見てほしいって思ってしまって。

私はお兄様達を見守っていたライへと手を伸ばすと、そっと触れる。

「ティア？」

「ご、ごめん」

私は慌ててライから手を離したけれど、何故かすぐに手を繋がれた。

「俺の一番はティアだよ」

「……ずるい。ライ」

私が頬を膨らませると、ライが目尻を下げて笑う。

その時、タイミング良く部屋をノックする音が届き、ヘラオス様が返事をした。

すぐに扉が開けられて、お父様が現れる。

「ヘラオス様、リスト、そろそろ時間です」

そう言うお父様の声に交じり、少し遠くから人々の歓声が響いてくる。

「すごいな。ここまで聞こえてくるなんて」

ライの言葉に私も同意するように頷く。

「民衆が、新しい王のお披露目を待ち望んでいます。さぁ、ご挨拶を」

「わかった。行こう」

表情を引き締めたヘラオス様が立ち上がった。私達も彼のあとに続くように廊下へと出る。毛足の長い真紅の絨毯の上を歩き、歓声が聞こえる方へと進んでいく。

お父様を先頭にお兄様とヘラオス様が並んで歩き、私とライがその後ろを歩いていた。

私はバルコニーでの演説があるため、コルはライの肩に乗っている。

「ねぇ、ライ」

「ん？」

「終わったら、ご褒美がほしいかも」

「ご褒美？　めずらしいな。ティアからおねだりなんて」

ライは一瞬きょとんとしたが、すぐにふわりと柔らかく笑う。

「いいよ、なんでも買ってあげる」

「購入できるものじゃないよ」

「じゃあ、何？」

ライが不思議そうに首を傾げたため、私は足を止めた。ちらりと前方の三人を見るけれど、どうやら私達が足を止めたことに気付いていないようで先に行く。

私はライに少し屈み込むように手で知らせると、背伸びして彼の耳朶にささやいた。

「あのね――」

私が言うと、みるみるライの顔は熟れたトマトのように真っ赤になっていった。きっと、私の顔も一緒だろう。鎮まる気配がない鼓動には気付かぬ振りをする。

「ティアは俺のことをずるいって言ったけど、ティアの方がずるい」

ライは片手で口元を覆いながら言った。

彼と出会って結構経つけれども、ライが動揺しているのを初めて見た。ライでも動揺するんだなぁとなんだか新鮮な気持ちになる。

「ティア？」

バルコニーへの出入り口にて、お兄様とヘラオス様が私達を振り返り、呼んでいる。

「すぐに行きます！」

私はそう答えて、もう少しだけライを見つめた。

「コルとここで見守っているよ。戻ってきたらいっぱいご褒美あげる」

「うん」

私は満面の笑みを浮かべるとお兄様達のもとへと駆けていく。

ライへねだったご褒美は、キスしてほしいということ。

色々告白の返事を考えたのだけれど「私も好きです」という台詞がなかなか言えなかった。だから、思い切って斜めの方向で攻めてみたのだ。

「ティアナ様ーっ！」

バルコニーへ出ると、溢れ返りそうなほどたくさんの人々が。大きな歓声が湧き上がっている。

いままでこんなにも自分の名を呼ばれたことがないため、ちょっとびっくりした。

私は彼らに応えるべく、手を振った。

私はいま、追放されて二度と戻ってこられないと思っていた祖国に立っている。

前の自分では考えられないくらいに成長して帰ってこられた。

元婚約者達に陥れられて地獄を味わったけれども、こうして無事返り咲くことができたんだ。

私はこれからも突き進んでいくだろう。エタセルももっと発展させたいし。

未来に、全く不安はなかった。

だって大切な人が傍で見守ってくれているから――

書き下ろし番外編

陛下を驚かせてみては？

「ライ、びっくりするかな？」

私はティーセットが載ったワゴンを押しながら、ファルマ城の廊下を歩いていた。しかも、国王専属のメイド服を着用して……

いつもならば、城内を歩けば「ティアナ様」って声をかけられるけど、まだ誰にも声をかけられていない。メイド服だけじゃなく、ウィッグをつけているからバレていないのかも。

だって、ファルマ城で働くメイドとして周りに溶け込んでいるし、自分の姿を鏡で見た時に「えっ、誰？」と思ってしまうレベルだから、周りが私だって気付かないのも納得。

そもそもどうしてこの格好をしているか？　っていうと数分前に遡る。

私とライは遠距離恋愛中。私はエタセル国で商会の仕事をしているし、ライはファルマで国王として執務に励んでいる。

そのため、お互いに時間を作って行ったり来たりしている。今回は私がライに会うためファルマへやってきた。

久しぶりに会うせいか、突拍子もない考えが私の中に芽生えてしまったのだ。ライをびっくりさせたい！　って――

そのことをライ専属のメイド達に言うと、「メイドの格好をして近づき、陛下を驚かせてみては？」とアイディアを出してくれた。

おもしろそう！　と思ったので即採用。ノリの良いメイド達の協力で現在に至るというわけ。

早くライに会いたいなぁと思いながら執務室に向かっていると、「あれ？」「ん？」という男性の不審がる声が前方から聞こえたため、足を止めてしまう。

なんだろう？　って首を傾げながら視線を向ければ、二人の騎士がまるで壁のようにワゴンの前で立ち止まった。

彼らはまっすぐ私の方を見て口を開く。

「ねぇ、君。ちょっと待って」

「もしかして、新人のメイド？」

騎士達に声をかけられ、私の肩がビクッと大きく動いた。

――もしかして不審者かもって疑われているっ⁉　挙動不審だったつもりはないのに。

でも、相手は騎士。城内の不審者を探すための鋭い観察眼を持っているはず。だからこそ、こいつはメイドじゃないって思ったのかも。

もしそうなら、なんとかこの場から離れたい。

だって、ここで正体がバレて大騒ぎになったら周りに迷惑をかけちゃう！

私は動揺を悟られないように、一呼吸置いて唇を開いた。

「はい。新人のメイドです。まだ仕事に慣れていなくて……」

予防線として新人ですという部分を強調する。

どうかバレませんようにと願えば、騎士達が柔らかく微笑んだ。

「あー、やっぱり新人なんだ。見覚えのない顔だったからさ。君みたいなメイドがいたら絶対に覚えているし。ねぇ、今日の仕事って何時に終わるの？　良かったら一緒に夕食でもどう？　旨い店があるんだ」

「おい、ずるいぞ。俺が先に声をかけようと思ったのに！」

「えっ？」

想像していた方向とは違った。

てっきり不審者に間違われていたんだと……

なんだか、拍子抜けしてしまったなぁと思った瞬間、「廊下で何をしているんだ？」という声が後ろから聞こえてきた。

振り向かなくても誰なのかすぐにわかる。声を聞いただけで自然と顔が緩んでしまうのは、好きな人の声だからかも。

ゆっくりと振り返れば、予想通りライが立っていた。

「陛下っ！」

ライの姿を見た騎士達が姿勢を正して仰々しく頭を下げたので、私も慌てて頭を下げる。

「君達、彼女は見た通り仕事中だ。邪魔しては駄目だよ。せっかくの紅茶が冷めてしまうからね」

ライがワゴンに載っているティーポットを見ながら注意すれば、騎士達は眉を下げて「申し訳ありません」と謝罪した。

「次から気を付けて。さぁ、もう行っていいよ。ごくろうさま」

「はい！」

騎士達は再度深々と頭を下げるとすぐに立ち去ったんだけど、私は動けずにいた。

ライを驚かせるのは執務室でと思っていたから、ここで会うのは想定外……

どうしよう、逃げる？ と思っていると、「ねぇ」とライに声をかけられてしまう。

ライに呼ばれたので顔を上げたら視線が交わった。

「その紅茶、どこに運ぶ予定？」

あれ？ 顔を見られているけど、もしかしてバレていないのかな。ちょうどいいわ。

このまま執務室に紅茶を運んでびっくりさせようっと！

「陛下の執務室です」

「へー、そうなんだ。じゃあ、色々説明してほしいことがあるから一緒に行こうか。ティア――」

トンと優しく肩に触れられ、私はそっと視線を逸らした。

バレていたのね……そりゃあ、そうかも。

間近で顔を見られたし、私は観念してライの誘導に従った。


数分後。私はライと一緒に彼の執務室にいた。

ソファに座った私は、隣のライに事情を説明している。ライを驚かせたくてメイドの格好をしたことや、その途中で騎士達と出会ったことなどを……

彼は瞼を伏せながら静かに話を聞いているんだけど、ひんやりとした空気をまとっている。

「――という理由でメイドの格好をしていました」

怒っているかな？　呆れているかな？

おそるおそるライの様子を見守っていると、彼はゆっくりと息を吐いて瞼を開けた。

「事情はわかった。俺をびっくりさせたかったんだね」

「ごめん。怒っているよね。許可を取ったとはいえ、メイドの服を借りちゃったし」

「怒ってはいないよ。ただ、嫉妬しているだけ」

ライはそう言うと、肩を落としている私の頭を撫でた。

大きくて温かい彼の手がとても心地よくて落ち着く。

「ティアとメイドの作戦は大成功だよ。最初見た時、すごく驚いたから。でもすぐにティアが騎士達に口説かれている方に意識が向いたけどね。ティア、今度から城内変装禁止にして。また誰かに口説かれると困る」

ライはそう言って私の頬に触れた。

「あの時、嫉妬の感情を落ち着かせるのに必死だったんだよ」

そう言うと、ライはゆっくりと端整な顔を近づけてきたので、私は瞼を伏せる。でも、いくら待っても唇が触れあうことはなかった。

あれ？　キスかなと思ったんだけど違った？

目を開ければ、ライがうなだれながら私の右肩に頭を乗せた。

「……メイドに手を出しているみたいな背徳感が。ティアだってわかっているんだけどさ。ウィッグもつけているから余計にそう思うのかもしれない」

あぁ、なるほど。確かに。

私はライの様子に納得して頷いた。

「ちょっと待って。いま、ウィッグをとるから」

私はそう言うとウィッグを外して、髪も解いた。

「これならどうかな？　メイド服は着ているけど、首から上はいつもの私だし」

ライはじっと私の方を凝視したあと、片手で顔を覆うような仕草をした。

掌に隠れていない部分は真っ赤に染まっている。

「今度は新しい扉を開きそうだ」

「それってどういうこと？」

私が小首を傾げた時だった。執務室の扉をノックする音が聞こえたのは。

やや間が空いたあと、「陛下、ティアナ様。よろしいでしょうか？」というメイドの声が届いたため、ライは入室を促した。

ゆっくりと扉が開いて現れたのは、ワゴンを押したメイドだった。

ワゴンの上には、皿に盛られたパウンドケーキがある。ケーキには生クリームとミントが添えられていた。

どうやらティータイムのおやつを持ってきてくれたみたい。

「ティアナ様、作戦大成功いたしま……あら、陛下」

メイドが立ち止まってライの方をじっと見た。

「陛下。もしかして新しい扉を開けてしまわれましたか？」

「君たちのおかげで開きかけたよ」

ライが肩を竦めながら言えば、メイドはクスクスと笑う。

「ティアナ様のような可愛らしいメイドがいたら仕事もはかどりますよね」

「逆だよ。仕事が手につかなくなる」

「ふふっ。仕事漬けの陛下の口から惚気が聞ける日が来るなんて！　私達メイドは感無量ですわ。これもティアナ様のおかげですわね。お二人の時間を邪魔しないようにさっさとお茶とお菓子のセッティングをいたします」

メイドはそう言うとテーブルの上に敷物を敷き、ケーキや紅茶を並べ始める。

テキパキと素早く並べていく様子を見ながら、私は感心していた。すごいなぁと思っている間にもう完了したみたい。

仕事を終えたメイドは「失礼いたしました」と部屋を出ていった。さすがプロ。

「ライ、さっそくケーキをいただこうよ」

私はフォークに手を伸ばしながら言えば、指先をライの手で絡め取られるように掴まれてしまう。

「え？」

突然の出来事に弾かれたように隣を見れば、ライが微笑んでいた。

「ケーキ、食べないの？」

「もっと甘いものが先かな」

「それって？」

小首を傾げながら言えば、ライが喉で笑った。

「俺にとって一番甘いなぁって感じるのはティアとの時間だよ」

「えっ……！」

ライのストレートな台詞（せりふ）に、私は頬に血液が集まるのを感じた。

私にとっても、ライとの時間はケーキよりも甘い。

結婚の話も出ているけど、エタセル国や商会の仕事が安定してからにしたいので、もう少し時間がかかる。そのため、しばらく遠距離恋愛が続くので会える時間は貴重だ。

「私も同じだよ」

私の言葉にライは微笑むと手を伸ばしてきた。彼の手が私の頬に触れたのを合図に、私が瞼(まぶた)を伏せればライは私にキスをした。

ゆっくり目を開けると、ライと視線が交わりお互い自然と微笑み合う。

私達の甘い時間は始まったばかりだ——